KB154373

울트라 코리아 ULTRA KOREA

1판 1쇄 찍음 2021년 11월 9일
1판 1쇄 펴냄 2021년 11월 17일

지은이 | 정사부
펴낸이 | 정 필
펴낸곳 | (주)뿔미디어

편집장 | 문정흠
기획·편집 | 한상덕

출판등록 | 2002년 9월 11일 (제1081-1-132호)
주소 | 경기도 부천시 원미구 소향로17, 303(두성프라자)
전화 | 032)651-6513 팩스 | 032)651-6094
E-mail | bbulmedia@hanmail.net
비북스 | http://b-books.co.kr

값 8,000원

ISBN 979-11-6713-669-5 04810
ISBN 979-11-6565-919-6 04810 (세트)

정사큐 현대 판타지 장편 소설

울트라 코리아

ULTRA KOREA

BBULMEDIA FANTASY STORY

CoNTEnTs

1. 유물을 찾아서

　대한민국과 미국 정부의 협상이 있기 6개월 전, SH 바이오테크와 SH해양조선, 그리고 SH중공업은 합병을 추진했다.

　이는 수호가 모종의 사건으로 일본으로 가기 전에 진행된 일이었다.

　합병된 기업의 상호는 SH인더스트리였다.

　이는 돈을 위해서가 아닌, 앞으로 진행될 프로젝트를 위해서 이 세 기업의 통합이 꼭 필요하기에 어쩔 수 없이 회사를 합병하여 그 규모를 키운 것이었다.

　솔직히 수호가 돈을 벌기 위한 목적으로 기업을 운영

한다면 굳이 회사를 합병할 이유는 없었다.

어차피 돈은 지금도 흘러넘칠 정도로 많았기 때문이다.

막말로 고문으로만 이름을 올리고 있는 SH화학만 따져 봐도 수호가 매년 받는 로열티는 천문학적인 금액이었다.

지금까지 수호가 벌어들인 돈만 해도 일반인이 생각할 수 있는 금액을 넘어선 지 오래였다.

때문에 혼자, 아니, 부모님까지 소비한다고 해도 죽을 때까지 모두 사용하지 못할 정도로 어마어마한 재산을 가지고 있었다.

그러다 보니 수호에게 돈이란 그저 자신의 이상을 이루기 위한 도구로밖에 보이지 않았다.

그렇게 세 개의 회사가 통합되면서 새롭게 설립된 SH인더스트리는 단일 회사로서는 세계에서 손꼽힐 정도로 거대한 규모를 가지게 되었다.

[마스터, 굳이 이곳에 SH인더스트리의 본사를 설립할 필요가 있었습니까?]

SH인더스트리가 지어질 곳은 강원도 북단에 있는 양양으로 주변 환경이 꽤 열악한 곳이었다.

그리고 대한민국의 국토 발전 현황을 볼 때, 그리 입지가 좋아질 지역도 아니었다.

울트라 코리아

다른 도에 비해 발전도는 너무 떨어졌으며, 북한과도 가까이 자리했다.

때문에 자칫 그들이 공격이라도 해 온다면 1순위 타깃으로 지정될지도 몰랐다.

왜냐하면 현재 SH 그룹은 대한민국의 방위산업에 엄청난 연구와 투자를 하고 있기 때문이다.

실례로 SH 그룹의 계열사인 SH항공에서는 전투기를 생산하고 있었다.

아직 대한민국 공군이 정식으로 채택하지는 않았지만, 공식 전투기로 선택되고도 남을 만큼의 성능을 보유하고 있었다.

그뿐만 아니라 지금은 SH인더스트리로 통합된 SH중공업에서는 230㎜ 장거리포를 만들었다.

이미 정부와 1,000문의 계약을 마친 상태이고, 이에 차륜형 자주포를 생산하는 중이었다.

게다가 SH해양조선은 대한민국 해군이 사용할 차세대 프리깃함으로 3,000톤급 전투함을 설계 및 제작하고 있었다.

이는 KDX—1 광개토대왕급 경량 구축함을 대체하기 위한 사업의 일환이었다.

사실 대한민국 정부는 광개토대왕급 구축함을 현대적으로 개량하려고 했다.

하지만 현대전에 맞도록 개량하는 비용이 새로 건조하는 것에 버금가는 예산이 들어간다는 연구 결과가 나오자 그 계획은 취소됐다.

그렇게 해군 군사력 증진 플랜은 차세대 프리깃함을 건조하는 방향으로 바뀌었다.

수주를 따낸 SH해양조선에서는 함대 방어용 프리깃함을 건조하기로 하고 3년 전부터 해당 함선을 제작하기 시작했다.

그 성능은 가히 비견될 다른 구축함이 없을 정도로 월등했는데, 대공방어는 물론이고 230㎜ 장거리포를 부착해 대함전까지 거뜬했다.

때문에 중국과 일본은 대한민국의 신형 프리깃함에 긴장을 멈추지 못하는 상황에 이르렀다.

[만약 북한이 선제공격한다면 어떻게 하실 생각입니까?]

"북한이 그렇게 나온다면 더 바랄 것이 없겠지?"

슬레인의 우려에 수호는 오히려 그러길 바라는 듯한 투로 대꾸했다.

[그게 무슨 말씀입니까? 더 좋다니요?]

"북한이 먼저 우리를 도발하면 바로 진격하여 정권을 처리하고 통일할 수 있잖아."

[아, 그런 수가 있었군요. 그러면 중국도 개입을 못 할 테니 말이죠.]

슬레인은 생각도 못 했다는 듯, 그의 말에 맞장구를

울트라 코리아

치며 감탄하였다.

북한은 중국과 군사동맹을 맺고 있었다.

그리고 그 동맹에는 어떤 나라든 북한을 침공한다면 자동으로 군사개입을 해야 한다는 조항이 기입된 상태였다.

하지만 무조건적인 개입을 주장하는 해당 조건은 북한이 먼저 도발을 하지 않은 상태에서 공격을 받았을 때에만 국한된다.

즉, 북한이 먼저 대한민국을 공격한다면 이 약속은 효력을 잃는다는 얘기였다.

"뭐, 그리고 너와 내가 있는데, 북한의 도발 정도야 별다른 피해 없이 막아 낼 수 있잖아."

수호는 아무런 걱정이 없다는 듯 이야기하였다.

[알겠습니다. SH인더스트리가 들어설 곳은 그 어떤 나라가 공격을 해 와도 충분히 막아 낼 수 있게 설계하겠습니다.]

마스터인 수호의 칭찬에 슬레인은 당연하다는 듯 최고의 보안 설계를 하겠다고 답했다.

"아, 그것도 그거지만, 파워 슈트 있잖아. 미국과 러시아에 판매하는 건 각별히 신경 쓰고 있지?"

[네. 지시대로 약간씩 다운그레이드하고 있습니다.]

"좋아. 우리나라와 관계가 좋은 동맹이라고 하지만, 언제 어떻게 바뀔지 모르니까."

수호는 침중한 목소리로 슬레인을 바라봤다.

"그렇게 된다면 우리가 만든 것들이 우리에게 칼끝을 겨눌지도 모르니 조심, 또 조심해야만 해."

수호는 대한민국과 수교하는 그 어떤 나라도 믿지 않았다.

현재 국제 관계가 좋다 해도 자국의 이익 앞에서는 그 어떤 것도 보장받을 수 없다는 걸 누구보다 잘 알기 때문이었다.

실례로 우크라이나에서 일어난 일을 들 수 있다.

소련이 붕괴할 당시 많은 나라가 독립하면서 많은 것을 넘겨받았다.

속지주의 원칙에 입각해 그곳에 있던 자원은 모두 그 나라의 것으로 예속된 것이다.

때문에 소련에서 독립한 우크라이나는 많은 핵무기와 소련의 전략 자산을 보유하게 되었다.

하지만 서방세계와 러시아는 우크라이나가 이런 전략 자산을 보유하는 것에 많은 우려를 나타냈다.

그들은 우크라이나가 무기들을 포기하는 것을 대가로 경제 지원은 물론이고, 러시아의 위협으로부터 지켜 주겠다는 약속을 했다.

그렇지만 그 약속은 공허한 공수표에 지나지 않았음이 얼마 지나지 않아 전 세계에 알려지게 되었다.

울트라
코리아

크림반도를 둘러싼 친우크라이나, 그리고 친러시아 세력 사이의 갈등이 러시아와 우크라이나의 갈등으로 번진 것이다.

당시 크림반도는 러시아와 친화적인 세력이 우세했다.

하지만 원칙적으로 엄연히 우크라이나에 속한 지역이었다.

이런 상황에 친러시아 세력이 러시아와의 합병을 주장하면서 갈등은 고조되었고, 급기야 전쟁으로 치달았다.

이에 러시아로부터 보호를 약속한 서방세계는 경제적 압박만을 하며, 러시아의 크림반도 침공에 대해 성토를 할 뿐이었다.

그렇게 크림반도는 러시아로 병합되고 말았다.

핵무기를 넘기는 조건으로 한 약속은 자국의 이익 앞에서 지켜지지 않았다.

수호는 이러한 일이 있었다는 걸 알기에 힘이 없다면 국제사회에서 어떤 대우를 받는지 누구보다 잘 이해하고 있었다.

그래서 국방력 강화에 앞장을 서고 있는 것이었다.

"러시아로부터 받기로 한 기술은 어때?

수호는 파워 슈트를 판매하는 조건으로 받기로 한 러

시아의 극초음속 미사일 기술에 대해 물어보았다.

[저희가 가지고 있는 기술과 그리 다르지 않았습니다.]

러시아의 극초음속 미사일은 현재 전 세계, 모든 국가 중 가장 발전해 있는 것으로 알려져 있었다.

하지만 슬레인은 최신형 무기에 집약된 기술 역시 자신이 가지고 있는 것과 크게 다르지 않다고 판단했다.

[어떤 면에서는 조금 앞서 있기는 하지만, 전체적으로 보면 저희보다 약 10년 정도 뒤처져 있습니다.]

"그래? 어떤 부분이 우리보다 앞서 있고 어떤 부분에서 우리보다 뒤떨어져 있는 건데?"

사실 수호는 러시아가 가진 기술이 자신이 연구한 것보다 낫다고 생각하지 않았다.

비슷하거나 오히려 자신이 더 앞서 있다고 의식했다.

그런데 슬레인의 평가는 달랐다.

[극초음속 미사일에 들어가는 기술 중 엔진 노즐의 출력이나 항재밍 시스템이 저희가 가진 기술에 비해 미약하게 앞서 있습니다. 물론 집중 연구를 한다면 충분히 따라잡을 수 있는 수준입니다.]

슬레인의 답변을 들은 수호의 눈이 반짝였다.

그러고는 충분히 따라잡을 수 있다는 말에 미소를 지었다.

[제 판단에 극초음속 미사일 개발도 좋지만, 명중률을 생각한다면 현재 가장 이상적인 것은 초음속 순항 미사일이라 봅니다.]

울트라 코리아

"응? 그게 무슨 소리야?"

슬레인이 갑자기 주제를 약간 변경하자, 그 의도가 궁금해진 수호는 재차 질문했다.

초음속이란 음속을 초과한 속도를 말한다.

즉, 마하 1을 넘어선 속도라는 이야기다.

여기서 극초음속이란 음속의 다섯 배 이상 빠르며, 마하 5 이상의 속도를 칭하는 말이었다.

그리고 세계에서 극초음속 무기를 개발한 나라는 아직 러시아뿐이었다.

물론 중국도 자신들이 러시아에 이어 세계에서 두 번째로 극초음속 미사일을 개발했다고 주장하고 있긴 했다.

그러나 아직 정확히 확인된 바는 없었다.

중국은 항상 자신들의 일을 부풀려 발표하곤 했으니 말이다.

아무튼 극초음속 미사일은 무척이나 강력한 무기임은 분명하지만, 사실 따지고 보면 사용하기 무척이나 어려운 무기였다.

그도 그럴 것이, 가장 강력한 장점인 속도 때문에 움직이는 표적을 맞히기 어렵기 때문이었다.

빠른 속도 탓에 방향 전환이 쉽지 않아 고정된 타깃에 대한 명중률은 높지만, 움직이는 것은 쉽게 적중하지 못했다.

슬레인은 이러한 점을 꼬집어 극초음속 미사일을 우선적으로 만들기 보다 초음속 순항 미사일을 개발하기를 권했다.

대한민국도 미사일 강국이기에 초음속 미사일은 여럿 보유하고 있지만, 초음속 순항 미사일, 그것도 극초음속에 가까운 것은 없었다.

이에 슬레인은 SH에서 가지고 있는 엔진 기술을 응용한다면, 충분히 목표한 속도의 순항 미사일을 개발할 수 있다고 생각했다.

펄스 데토네이션 엔진을 이용한 순항 미사일이라면 극초음속까진 아니어도 엔진이 낼 수 있는 최대 속도인 마하 4까진 충분히 가능하다고 판단한 것이다.

그 정도 속도면 현존하는 미사일 방어 체계로 막는 것은 불가능에 가까울 터.

마하 4의 미사일을 막으려면 그 이상의 속도를 가진 요격 체계가 필요한데, 방향 전환이 힘든 극초음속 미사일로는 요격이 쉽지 않다.

그렇다고 고에너지 무기, 즉, 레이저 무기를 이용해 요격하려 해도 대기권 내에서는 공기 중의 저항 때문에 제약이 많았다.

레이저 무기를 개발한 SH인더스트리에서는 대한민국

울트라 코리아

만의 MD 체계로 스카이넷 시스템 완성을 했다.

하지만 궂은 날씨에 제약을 많이 받기 때문에 이를 보완할 수단을 만들고 있었다.

그것이 바로 방금 전 언급한 펄스 데토네이션 엔진을 이용한 요격 미사일과 극초음속 미사일이었다.

요격 미사일은 좌우로 움직이는 물체가 아닌 직선으로 날아오는 물체를 타격하는 것이니 극초음속이어도 충분히 요격이 가능했다.

"무슨 뜻인지 알겠어. 그건 네가 알아서 해."

수호는 턱을 쓰다듬으며 잠시 생각에 빠졌다.

그러고는 얼마 지나지 않아 다시 슬레인에게 말을 걸었다.

"그러고 보니 전에 이야기한 푸르그슈탈의 유산 인양은 어떻게 되었어?"

푸르그슈탈이 남기고 떠난 유산은 수호가 조난을 당했다가 구출이 되기 전, 유전자의 한계를 넘어서게 만들어 주었다.

그것은 외계 문명이 먼 거리로 우주탐사를 떠나는 자들의 안전을 위해 만든 장치였다.

아무리 초월적인 문명을 이룩한 외계인들이라고 해도 장시간 우주 공간에서 생활하다 보면 방사선에 노출되어 유전자적인 손상을 입고 오염될 수 있었다.

그렇기에 외계인들도 유전적 변형을 막으려고 수시로 장치에 들어가 유전자 치료를 받아야 했다.

하지만 이미 한계 수명을 넘어 생존한 푸르그슈탈은 고향 별로 돌아가며 그것을 자신의 마지막 작품이라 생각한 수호에게 유산으로 넘겨준 것이다.

팔라우에서 야생의 법칙을 촬영하다가 그것의 신호를 포착한 슬레인의 보고에 수호는 그것을 회수하라고 지시했다.

그런데 그 지시를 내린 지 벌써 2년이 넘어가고 있었다.

[유산의 회수는 진행되고 있습니다.]

"그래? 진척은?"

[당시 지각변동으로 인해 입구가 막혀, 새로운 입구를 찾는 중입니다.]

슬레인과 수호가 함께 그곳을 빠져나올 때 지진으로 인해 통로가 막혀 버렸다.

슬레인은 수호의 명령을 받은 후에 주변을 조사해 봤지만, 아직 입구로 사용할 만한 통로를 찾지 못했기에 수호에게 보고하지 않고 있었다.

"좋아. 그것을 찾게 되면 다른 무엇보다 빨리 알려 줘."

[네, 알겠습니다.]

지금의 자신을 있게 한 푸르그슈탈.

그가 남기고 간 유산은 절대로 다른 사람 손에 들어가면 안 되는 물건이었다.

그리고 슬레인도 그것이 어떤 물건인지 잘 알고 있기에 수호의 당부를 거듭해 들으면서도 전혀 짜증을 내지 않고 이에 동조한 것이었다.

*　　　　*　　　　*

얼마 뒤, 강원도 양양에 SH인더스트리 본사가 들어섰다.

이는 공사가 들어간 지 불과 6개월 만에 완공이 된 것이며, 그 규모에 비해 굉장히 빠른 공사라는 평가가 자자했다.

6km² 즉, 1,815,000평이나 되는 엄청난 부지에 바이오와 중공업의 각종 시설이 들어서고, 사무를 보는 사무동과 연구소 그리고 직원들의 숙소와 집이 세워졌다.

또한, 직원의 가족들이 살아가는데 필요한 부대시설인 학교와 병원, 그리고 쇼핑몰 등 다양한 시설들을 지었다.

이는 단일 건설사가 담당하기에는 불가능한 일이라 무려 여덟 곳의 건설사가 협력하였다.

이 중 1군 업체는 두 곳이나 되고, 2군 건설사는 여섯 곳이었다.

그러다 보니 6개월이라는 공기에 맞게 모든 건물은 물론이고, 공장 설비들까지 갖출 수 있게 되었다.

"회장님, 이곳은 자동화 기계가 설치되어 있어 직원 서른 명이 2교대로 운용이 가능합니다."

SH인더스트리로 통합이 되면서 SH중공업과 SH바이오테크, 그리고 SH해양조선의 임직원들은 많은 인사이동을 했다.

"2교대면 직원들이 피곤할 수 있으니, 3교대 1일 휴식으로 하세요."

부지와 설비들을 돌아보며 설명을 듣던 수호는 안내를 맡은 사장의 설명에 지시를 내렸다.

2교대라면 하루 열두 시간 업무를 보는 것이었다.

하루의 반이 걸리는 근무라 해도 자동화 설비로 제어되기에 솔직히 그들이 하는 일은 별것 없었다.

하지만 업무가 쉽다고 해서 일이 편한 것은 아니었다.

기계에 오류가 발생했을 때 그것만 처리하면 되지만, 그것을 지켜보는 동안 정신적 스트레스가 없다고 할 수 없기 때문이었다.

그렇기에 수호는 열두 시간 2교대 업무를 네 개의 파트로 나눠 3교대 후 1일 휴식을 하는 체제로 바꿀 것을

울트라 코리아

지시한 것이다.

"예. 지시대로 처리하겠습니다."

뒤에서 함께 동행하던 SH인더스트리의 사장이 대답하였다.

그러자 함께 따르던 임원들도 그들의 대화를 수첩에 적었다.

이는 어차피 자신들에게까지 업무 지시가 내려올 사항이라는 것을 알기에 미리 적어 놓은 것이다.

180만 평이 넘는 부지이다 보니 솔직히 걸어서 모든 시설을 살필 수는 없었다.

위이이잉.

그렇게 수호는 전기모터를 사용하는 전기 자동차를 타고 다음 목적지로 이동하였다.

소음이 거의 들리지 않는 모습에 수호는 미소를 지었다.

"좋군."

현재 수호가 타고 있는 차량의 외형은 SH중공업에서 만든 EV—07 모델과 닮아 있었다.

해당 차량은 양산형임에도 불구하고 디자인을 영국의 롤스로이스사에 의뢰하여, 가격이 10억 원이 넘는 아주 비싼 고급 세단 전기차였다.

하지만 지금 수호가 타고 있는 것은 디자인이 같을

뿐 전혀 다른 차량이었다.

회장인 수호가 타는 차량은 뛰어난 방탄 설계가 되어 있어서 미국 대통령이 타는 경호 차량보다 더 강력한 방호 성능을 자랑한다.

그도 그럴 것이, SH 그룹은 그 근간이 방위산업이지 않은가.

물론 민간 산업에 필요한 물건을 생산하지 않는 것은 아니지만, 태생은 방위산업이었다.

어찌 되었든 그러한 이유로 수호가 타는 차량이나 비행기 등은 SH 그룹 산하에 있는 기업에서 제작하고 업그레이드하여 무척이나 튼튼하고 안전했다.

EV—07 또한 마찬가지였다.

900㎜를 넘는 방탄 성능에 차창도 SH화학에서 개발한 방탄유리를 사용하여 600㎜의 방탄 효과를 가졌다.

이 말은 최신형 로켓포 공격력 이상의 무기가 아니라면 절대로 뚫을 수 없다는 이야기나 마찬가지였다.

그것만이 아니다.

수호가 타고 있는 EV—07에는 SH인더스트리에서 개발한 MD 체계가 적용되어 있었다.

원래는 이스라엘제 능동 방어 체계를 부착할 계획이었으나, 중간에 레이저를 이용한 미사일 방어 체계가 완성되면서 교체되었다.

울트라 코리아

그러다 보니 원래 EV—07의 디자인에서 크게 변경되지 않고 수호의 전용 의전 차량으로 정해졌다.

그리고 수호는 이 의전 차량이 완성되자 바로 대통령 경호 차량으로 청와대에 기증하였다.

국내 기술로 완성된 것이기에 그렇게 큰 비용이 들지 않아서 할 수 있는 일이었다.

예전에도 대형자동차에서 에쿠르라는 대형 승용차를 개발해 청와대에 의전 차량으로 기증한 적이 있는데, 그것은 방탄 설계가 되어 있지 않았다.

다른 나라는 국가의 수장에게 기증할 때 탑승자의 안전을 고려해 방탄 설계를 한다.

그러나 대한민국 내에서만 운용하는 것이니 그럴 위협이 없다고 판단해 그냥 일반 승용차로 기증한 것이다.

하지만 대한민국의 위상이 올라가면서 한국인에 대한 테러 위협도 높아졌다.

그래서 과거 외국에 나갈 때, 방문하는 나라에 경호를 맡겼지만, 이제는 아니었다.

대한민국 대통령에 대한 테러가 발생할지도 모르는 상황에서 안전을 다른 나라 손에 맡긴다는 것은 고양이에게 생선을 맡기는 것과 다름없는 일이다.

그렇기에 수호는 EV—07 의전용 차량에 방탄 설계를

확실히 한 뒤에 기증한 것이다.

언제, 어딜 가더라도 대한민국 대통령의 안전을 지킬 의전 차량으로 사용되기를 바라는 마음에서 말이다.

물론 대통령 것만 기부한 것은 아니다.

영부인의 의전 차량과 경호원들이 탑승할 차량까지 모두 여섯 대를 제공하였다.

그건 결코 만만치 않은 가격이었다.

방탄차 한 대의 가격은 무려 기계화부대 장갑차의 가격과 비슷하기 때문이다.

외형과 디자인이 절대 튀지 않아야 하면서 장갑차 못지않은 방탄 능력, 그리고 유사시 위기에서 벗어날 수 있는 무장과 특수 장치들을 생각하면 그리 납득가지 않는 것도 아니었다.

수호는 대통령과 그의 가족에 대한 안전이 무엇보다 중요하다고 생각해 그런 결정을 내렸다.

수호의 이런 기부에 청와대는 크게 감동하였다.

SH 그룹은 지금까지 여러 곳에 기부를 많이 하는 기업으로도 알려져 있었다.

이는 수호가 돈에 대한 욕심보다 국가 발전에 대한 욕망이 크기에, 이에 맞춰 슬레인이 벌인 일이었다.

SH화학을 시작으로 SH란 이름이 들어간 기업들을 성장시키면서 슬레인은 순이익의 1%가량을 사회에 환원하였다.

혹자는 겨우 1%라고 생각할 수도 있다.

하지만 SH란 이름이 들어간 기업들의 이익은 절대 적지 않았다.

전기차를 생산하던 SH중공업의 경우 선박용 엔진과 발전기, 그리고 군용 특수차량도 설계와 제작을 한다.

이를 판매한 수익은 1년에 천억 원 단위의 순이익을 내고 있었다.

게다가 SH중공업은 SH 그룹 내에서 가장 적은 이익을 내고 있는 회사였다.

그렇기에 SH 그룹에서 한 해 사회에 환원을 하고 있는 금액은 상상하기 힘들 정도로 막대했다.

다만, SH 그룹에선 종종 현금이 아닌 현물로 사회에 환원하곤 했다.

SH중공업에서는 다양한 전기차를 생산하고 있는데, 이 중 소방차나 경찰차, 혹은 구급차도 있어 그것들을 필요한 곳에 기부했다.

그리고 SH바이오테크의 같은 경우에는 경찰관과 소방관에게 초기형 파워 슈트를 공급하고 있다.

군용으로 사용하는 것보다 그 성능이 떨어지고 기능이 제한적이기는 하지만, 경찰이나 소방관이 사용하기에는 충분한 성능을 가지고 있었다.

특히나 경찰관용으로 보급되는 파워 슈트의 경우, 방검 기능을 추가하고, 소방관에게 지급되는 물품에는 SH화학에서 개발한 단열재를 이용해 내열성을 강화하였다.

때문에 현장에선 늘 칭찬이 자자했다.

이렇게 사회사업도 충실히 하는 것으로 널리 알려진 SH 그룹이다 보니 청와대, 그리고 국민들도 이런 그룹의 행보에 관심을 가지고 있었다.

*   *   *

뚜우, 뚜우.

작은 크기의 탐사선이 해저 동굴을 탐사하고 있다.

수류류류.

탐사선은 달려 있는 작은 스크루를 움직여 천천히 동굴 내부를 촬영하며 지나갔다.

삐비빅.

[막다른 곳에 도달]

인공지능이 탑재된 탐사선은 더 이상 진행할 수 없는 상황에 부닥치자, 전방에 달린 여러 개의 카메라로 현장을 살피고 해상에 위치한 본선에 무전을 전달했다.

[팔을 이용해 무너진 돌무더기를 치우고 탐사를 계속하겠다]

소형 탐사선은 그렇게 무전을 남기고 작업을 재개했다.

물속이다 보니 큰소리가 나진 않지만, 치워진 돌무더기로 인해 작은 파동이 울려 퍼졌다.

하지만 소형 탐사선은 그러거나 말거나 자신을 막고 있는 돌무더기를 하나둘 치워 나갔다.

한참 돌덩이들을 치우던 소형 탐사선은 자신의 앞을 막고 있던 것이 제거되자 다시 앞으로 나아갔다.

그렇게 얼마를 들어갔을까.

띠리링.

마치 목표로 삼은 금은보화를 찾은 보물 사냥꾼처럼 요란한 소음을 내던 소형 탐사선의 인공지능은 급히 본선에 연락을 시도하였다.

[목표에 접근.]

또로롱.

그러자 본선에서 주변 상태에 대해 브리핑해 달라는 메시지가 수신되었다.

[상태 양호. 하지만 지반과 맞물려 있어 인양은 불가능하다.]

소형 탐사선 SU03은 타깃의 상태를 자세히 전하며, 주변을 촬영하기 시작했다.

*　　　*　　　*

SH인더스트리의 시찰을 마치고 집으로 돌아오던 길.

슬레인은 필리핀 탐사선에서 보내온 소식을 수호에게 보고하였다.

[마스터, 필리핀 유물 탐사선에서 연락이 왔습니다.]

'그래?'

경호를 맡은 유제욱이 함께 동승하고 있기에 수호는 육성이 아닌 텔레파시를 이용해 슬레인과 대화를 하였다.

[다만, 문제가 발생했습니다.]

'문제? 무슨 문제?'

수호는 눈을 차갑게 뜬 채 슬레인에게 물었다.

다른 것도 아니고 프르그슈탈과 관련된 일이기에 수호는 무력이라도 동원해 문제를 해결할 생각까지 하였다.

[해저 지각 활동으로 인해 유물이 해저 동굴에 끼어 인양이 불가능하다 합니다.]

'그건 또 무슨 소리야? 인양이 불가능하다니.'

슬레인의 이야기를 들은 수호는 좀처럼 이해가 가지 않는다는 표정을 지었다.

겨우 해저 60m 정도 깊이에 있는 물건을 인양할 수 없다는 이야기가 어처구니없었기 때문이다.

울트라 코리아

SH 그룹의 기술력이 아니더라도 현대의 해저 탐사 기술이라면 300m 아래에 있는 것도 충분히 인양이 가능했다.

그것이 해저 동굴 안에 있다고 해도 말이다.

SH 그룹은 외부에 알려지진 않았지만 심해 탐사선도 제작할 수 있는 기술력을 가지고 있으며, 또 해저 3킬로미터에 빠진 물건도 인양할 수 있는 기술력을 확보한 상태다.

하지만 아무리 진보된 기술을 가지고 있다 해도 자연의 힘을 거스를 수는 없었다.

아니, 프르그슈탈이 가지고 있던 외계의 기술력이 있다면 가능할지도 모르겠다.

그렇지만 현재 SH 그룹이 가진 힘으로는 자연을 거스를 수가 없었다.

[이건 저도 어쩔 수가 없습니다.]

슬레인은 탐사선이 보내온 정보를 토대로 프르그슈탈이 수호에게 남겨 준 유산의 상황을 유추하였다.

그러곤 이러한 것들을 수호에게 차근차근 설명하였다.

슬레인의 설명에 수호도 어쩔 수 없다는 것을 깨닫고 납득하였다.

하지만 프르그슈탈이 남겨 준 유산을 포기할 생각은

없었다.

'아예 안 되는 건 아니지?'

[물론 인양이 절대적으로 불가능한 것은 아닙니다. 하지만……]

'하지만?'

[많은 시간이 소요될 것입니다.]

슬레인은 어떻게든 밀어붙이려는 수호의 기질을 알기에 그리 대답하였다.

'얼마나?'

[자칫 인양 과정에서 해저 동굴이 무너져 버릴 수 있기에 조금씩 입구를 넓힌다면, 적어도 10년 이상은 걸릴 것으로 예상됩니다.]

프르그슈탈의 우주선이 있는 지역은 불의 고리가 있는 환태평양조산대다.

수시로 해저 지진이 발생하는 지역이며 수호는 기억하지 못하지만, 그가 빠져나올 때도 지진이 발생해 자칫 매몰될 뻔하기도 했다.

때문에 급히 인양을 하려다 아예 유물을 잃어버릴 수도 있었다.

'그럼 처음 계획대로 인근 지역을 우리가 확보해야 하겠군.'

사실 필리핀으로부터 인근 지역을 사들여 사유지화하려는 계획을 세우기도 했다.

하지만 SH 그룹에서 필리핀에 땅을 사려는 것을 필

리핀 정부가 알게 되면서 일이 지지부진해졌다.

민다나오 섬 동쪽에 위치한 카라가 베이 인근 지역에 대한 정보를 알아보고 있던 중 필리핀 정부에서 이를 눈치채고 비싼 가격을 부른 것이다.

경기가 좋지 못한 필리핀에 외국의, 그것도 한창 부상하고 있는 한국의 거대 방위산업체를 거느린 기업이 땅을 알아본다는 것에 필리핀 정부는 이보다 좋을 수 없었다.

머리가 잘 돌아가는 위정자가 있다면, 이를 적절하게 이용하여 큰 이득을 보았을 테다.

하지만 욕심 많고 멍청한 자들로 인해 그 누구도 득을 보지 못했다.

아무리 수호가 돈이 많고, 또 사회사업을 많이 한다 해도 그것은 어디까지나 자신의 조국 대한민국에 한해서다.

다른 나라의 사정이나 국민들을 위해 허투루 돈을 쓸 생각이 없는 수호에게 과한 비용을 들이면서까지 땅을 살 이유는 없었다.

그래서 어쩔 수 없이 위험 부담을 안고 해양 인양을 추진한 것이었다.

하지만 이제는 육지에서 땅을 파고 들어가야 프르그슈탈이 남겨 준 유산을 가져올 수 있기에 수호는 다시 한번 필리핀 정부와 협상을 벌이기로 했다.

다만, 이번에도 과한 욕심을 부린다면, 비록 시간은 오래 걸리더라도 해양 인양으로 가기로 결심했다.

2. 2차 협상

한때는 아시아에서 일본 다음으로 잘사는 나라였지만, 부정부패와 권력 남용으로 인해 빈국으로 떨어진 필리핀.

　이들은 주필리핀 미군을 떠나보내고 난 뒤, 자신들이 주권을 찾았다 선전했다.

　하지만 얼마 지나지 않아 필리핀의 경제와 국방이 무너지기 시작하자, 미군이 그것들을 책임지고 있었다는 사실을 뒤늦게 깨달았다.

　그런데도 필리핀의 위정자들은 정신을 차리지 못하고 과거의 영광만 떠올리며 현실을 외면했다.

"정확하게 필리핀 정부가 원하는 것이 무엇입니까?"

수호는 협상 테이블에 나온 필리핀 상공부 차관인 후리안토를 보며 물었다.

"우리는 외국인에게 토지를 판매하지 않습니다."

"하, 뭐라고요?"

필리핀 측 대표는 계속해서 협상을 하러 나온 자리에서 같은 주장만을 반복하며 의견을 굽히지 않고 있었다.

수호는 이들이 무슨 이유로 이러는지 알 수가 없었다.

"그 말은 더 이상 저와 협상을 하지 않겠다는 것입니까?"

너무도 답답한 나머지 수호는 직설적으로 물었다.

그런 수호의 질문에 이번에는 후리안토 차관이 당황하며 대답하였다.

"그게……."

후리안토 차관은 협상에 나오기 전, 두리테 대통령으로부터 수호에게 최대한 많은 것들을 받아 내라는 지시를 받았다.

수호는 SH 그룹의 주인이다.

그리고 대한민국은 예전처럼 못살던 나라가 아니었다.

울트라 코리아

SH 그룹은 그런 대한민국 안에서 독보적인 위치에 있는 군수산업체를 거느린 기업군이다.

 자체적으로 강력한 전투기를 개발하고, 이를 세계 최강인 미국도, 석유 자원으로 돈이 많은 중동의 부호 국가들도 앞다퉈 구매하였다.

 즉, 엄청난 자금력을 가지고 있는 것이다.

 국제적인 영향력 또한 무시할 수 없었다.

 실례로 중국으로부터 위협을 받던 대만이 SH 그룹과 손을 잡은 이후로 안정을 찾기도 했다.

 미국에 이어 G2라 불리는 거대 괴물 중국과 첨예하게 대립하며, 수시로 군사적 위협을 받던 대만은 이젠 없는 것이다.

 대만이 독립을 주장해도 중국은 더 이상 예전처럼 함부로 그들을 위협할 수 없게 되었다.

 그래서 필리핀의 대통령인 두리테와 정부 인사들은 수호가 필리핀에 공장을 짓기 위해 땅을 사들이려 한다는 소식을 듣자마자 그에게서 최대한 돈을 뜯어내기로 결정했다.

 지금 이렇게 말을 빙빙 돌리고 있는 이유도 SH 그룹이 적극적인 모습을 보이자, 값을 올리기 위해 뜸을 들이는 것이었다.

 하지만 이들은 아직 상황을 정확하게 파악하지 못하

고 있는 중이었다.

수호와 슬레인이 땅을 확보하려는 것은 겉으로 알려진 것처럼 필리핀에 SH 그룹의 공장을 짓기 위한 것이 아니었다.

외계인인 프르그슈탈이 남기고 간 유물을 획득하기 위해 만다나오 섬에 있는 땅 일부를 확보하려는 것일 뿐이었다.

솔직히 수호의 입장에선 프르그슈탈이 남기고 간 유물을 인양하기 위해 굳이 필리핀에 있는 땅을 확보할 필요는 없었다.

SH 그룹이 가진 기술력만으로도 바다 위에서 최대 10년이면 인양이 가능했다.

수호는 그저 빠르게 확보하기 위해, 그리고 프르그슈탈이 남긴 유물에 대한 정보를 숨기기 위해 이런 귀찮은 작업을 펼치는 중이었다.

하지만 점점 어처구니없는 대가를 바라는 필리핀 정부를 보며 그들에 대한 정나미가 떨어지고 있었다.

"상식적으로 받아들일 수 있는 요구를 하시기 바랍니다."

더 이상 필리핀 측의 주장을 듣고 있기 힘들어진 수호는 최후통첩을 하였다.

"필리핀에 자리 잡은 다른 외국의 기업들과 차이 나

울트라 코리아

는 무리한 요구를 계속한다면 우린 모든 사업 계획을 접고 철수할 것입니다."

수호는 후리안토 차관에게 단호히 이야기했다.

실제로 굳이 필리핀이 아니어도 선택지는 많았다.

인도네시아의 카라켈롱이나 인근의 섬들 또한 수호가 하려는 일에 적합했다.

다만, 민다나오 섬보다 조금 조건이 까다롭고 거리가 더 늘어난다는 문제점이 있을 뿐이었다.

한편, 수호가 강하게 나오자, 조건을 올리기 위해 궁리를 하던 후리안토 차관은 깜짝 놀랐다.

그는 SH 그룹이 무조건 대단위의 필리핀 땅이 필요하다고 알고 있었기 때문이다.

보통 이런 토지나 세금 문제의 경우, 적당히 밀고 당기면서 원만한 합의를 이끌어 가는 것이 기본이었다.

물론 상대의 급한 마음을 이용해 폭리를 취하려고 하는 것은 맞지만, 그래도 이렇게 급히 철수를 언급할 줄은 예상하지 못했다.

"그……."

후리안토 차관이 막 대답을 하려던 때, 급히 협상장의 문이 열리며 누군가 뛰어 들어와 그에게 귓속말을 했다.

"민다나오에서 테러가 발생했습니다."

후리안토는 부관이 전한 이야기를 듣고는 순간 깜짝 놀랐다.

설마 자신들이 한국의 기업과 협상을 하고 있을 때, 테러가 발생할 줄은 상상도 하지도 못한 탓이었다.

더욱이 테러가 발생한 곳은 SH 그룹이 원하던 민다나오 섬이었다.

물론 섬의 규모가 크기에 이들이 요구하는 지역과는 차로 몇 시간이나 떨어진 곳이라고 해도 같은 지역이라는 것은 변하지 않는 사실이었다.

"갑자기 일이 생겨 오늘 협상은 이만 끝내야 할 것 같습니다. 내일 다시 논의하시는 게 어떻겠습니까?"

고압적인 자세를 취하던 후리안토 차관은 얼른 자리에서 일어나며 물었다.

"좋습니다. 단."

수호는 고개를 끄덕이고는 후리안토 차관을 노려보며 조건을 달았다.

"내일이 마지막이라는 것만 알아 두십시오. 내일 협상이 결렬되면 저희는 바로 철수할 것입니다. 그러니……."

수호는 단호한 어조로 말하였다.

그런 수호의 이야기에 후리안토 차관은 속으로 침음을 삼켰다.

일국의 차관으로서 외국의 한 기업인에게 이런 대우를 받는 것에 화가 나기도 했다.

하지만 상대는 그가 자국 내에서 높은 자리에 있다고 해서 함부로 할 수 있는 인물이 아니었다.

이미 수호에 대한 사전 정보를 취합하고 있기에 후리안토는 고개를 끄덕일 수밖에 없었다.

*　　　*　　　*

"어떻게 되었나?"

정부 청사로 들어서는 후리안토 차관을 맞이한 건 그의 상급자인 상공부 장관인 호세 알도였다.

"만만치 않습니다. 저희가 조금 욕심을 부리긴 했지만, 저들 또한 물러서려고 하지 않았습니다."

후리안토 차관은 자신이 느낀 수호에 대해 언급하였다.

"뭐라고 했는데 그런……."

"전 정부에서 정한 가이드라인에 맞게 요구를 하였을 뿐입니다."

후리안토 차관은 자신은 억울하다는 듯 변명부터 늘어놓았다.

"음."

차관의 대답을 들은 호세 알도 장관은 미간을 찌푸리며 작게 신음을 터뜨렸다.

필리핀 정부는 SH 그룹이 급하게 토지를 사들이겠다는 제안을 했을 때, 속으로 엄청나게 기뻐하였다.

그도 그럴 것이, 2010년 이후 중국은 수시로 필리핀 영해를 침범하며 어지럽혔다.

그뿐만 아니라 필리핀의 영토이던 섬 일부를 무단으로 점거한 뒤 그곳에 오염 물질을 투기하는 정황이 포착되기도 했다.

이에 중국 정부에 엄중히 경고하였지만, 이를 전혀 듣지 않았다.

아니, 오히려 적반하장으로 나왔다.

자신들은 정상적인 어로 활동을 하고 있는데, 필리핀 해군이 위협을 한다고 도리어 항의한 것이다.

그러고는 자국의 어선들을 보호하기 위해 해군을 파견하겠다는 언어도단의 망언을 하기도 했다.

하지만 필리핀은 이런 중국 정부의 답변에 항의할 수가 없었다.

그도 그럴 것이, 필리핀은 거대한 중국의 해군을 홀로 감당할 수 없었기 때문이다.

중국은 100척이 넘는 군함과 항공모함 등을 보유한데 반해, 필리핀은 5,000톤급 이상의 군함은 한 대도

울트라 코리아

없었다.

또한 3,000톤급 호위함도 제2차 세계대전에서 미군이 사용하던 그레고리오 델 필라급 호위함 열세 척과 호세 리잘급 두 척을 보유하고 있을 뿐이었다.

앞서 언급한 그레고리오 델 필라급의 경우, 제2차 세계대전 당시 사용하던 오래되고 낡은 것이라 대함 미사일 무장도 되지 않은 군함이었다.

게다가 호세 리잘급 호위함은 2019년 진수된 한국의 인천급 호위함의 하위 호환품이었다.

즉, 중국 해군과는 비교가 되지 않는 전력이라는 것이다.

이러한 이유 때문에 필리핀 정부는 대만처럼 한국에서 뭔가 뽑아 먹어 보자는 판단을 한 것이다.

하지만 무리한 협상인 만큼 생각처럼 원활하게 진행되지 않았다.

SH 그룹 관계자의 반응이 강경한 것은 물론이고, 협상하던 중 민다나오에서 발생한 테러가 필리핀 정부를 더욱 당황하게 했다.

'중국과 반군을 한꺼번에 상대하려고 계획한 것이 무리인 건가?'

호세 알도 장관은 처음부터 이번 협상에 내건 조건이 너무 무리한 요구임을 잘 알고 있었다.

하지만 현재 자신들이 처한 상황을 타파하기 위해선 이럴 수밖에 없다고 자신을 세뇌하였다.

그렇지만 결과는 모두에게 좋지 못했다.

결국, SH 그룹은 사업 계획을 철회하며 다른 나라로 갈 것이라 엄포를 놓았다.

설상가상으로 그들이 구매하고자 하는 곳에서 불과 몇 킬로미터 떨어진 지역에 이슬람 무장 단체로 짐작되는 조직의 폭탄 테러가 발생하였다.

"대통령님은 아직도 그 계획을 고수하고 계시는 것입니까?"

후리안토 차관은 조심스럽게 질문하였다.

호세 알도 장관은 미간을 찌푸렸다.

"꼭 그런 것은 아닌데……."

"아!"

호세 알도 장관의 대답에 후리안토 차관은 무엇이 문제인지 금방 깨달았다.

현재 필리핀 정부의 상황은 무척이나 혼란스러웠다.

그도 그럴 것이, 언제부터인가 절대 권력을 사용하는 두리테 대통령에게 반기를 드는 파벌이 생겨났기 때문이다.

이들은 친중국 성향의 파벌로, 필리핀 재계를 잡고 있는 화교 집단의 열렬한 지지를 받고 있었다.

이는 두리테 대통령의 정책이 실패한 뒤, 기회를 보고 있던 친중 성향의 정치인들이 화교들의 지원을 받아 성장한 것이었다.

또한 남부에서는 이슬람 반군들의 테러가 빈번하게 일어나고, 북쪽에서는 중국이 인민 민병을 동원해 분탕질하니, 현재 필리핀은 안팎으로 혼란이 일어나고 있는 중이었다.

이에 두리테 대통령은 한국, 아니, SH 그룹의 무기를 사 와 이들을 동시에 처리할 계획을 세웠다.

하지만 이마저도 친중국 성향의 정치인들 때문에 쉽지 않았다.

"차라리 그들의 요구대로 적당한 가격에 협상하는 것이 어떻겠습니까?"

"하지만 국방부에서 반발이 일어날 텐데?"

호세 알도 장관 역시 그의 말대로 하는 게 협상에 성공할 수 있는 길임을 잘 알고 있었다.

하지만 그렇게 되면 부족해진 예산 때문에 국방부가 추진하는 전력 강화 계획에 차질이 생기게 된다.

필리핀 국방부는 남부의 반군들보다 외세인 중국의 위협을 더욱 심각하게 받아들이고 있었다.

그렇기에 이번 협상을 통해 호위함이 아닌, 구축함 세 척을 건조할 계획이며, 한국산 신형 전투기 또한 여덟 대 가량 도입을 추진하는 중이었다.

그런데 협상을 SH 그룹이 원하는 대로 진행한다면 그 계획은 반토막이 나 버린다.

또한 구축함 구매 계획은 축소되어 호위함 정도에 그칠지도 몰랐다.

그리고 공군의 최신 전투기 도입도 여덟 대에서 여섯 대 정도로 축소된다.

이런 것을 고려한다면, 군과 국방부의 반발은 보지 않아도 빤했다.

"그렇지만 협상이 결렬되면 그마저도 얻지 못합니다."

"하, 협상을 원활하게 체결해도 문제고, 그렇다고 협상 자체를 깨지게 놔둘 수도 없고……."

"이러면 어떻겠습니까?"

"뭐?"

"저희도 대만처럼 국채를 발행하는 것입니다."

"국채? 우리가 발행한 국채를 누가 산다는 말인가."

호세 알도 장관은 국채 발행이란 말에 잠깐 솔깃했다.

하지만 곧 부정적인 대답을 해야만 했다.

그도 그럴 것이, 이미 경제가 붕괴된 필리핀 정부가 발행한 국채를 어느 나라가 사 준다는 말인가?

후리안토 차관은 눈을 반짝이며 대답하였다.

"저들이 있지 않습니까."

"SH 그룹? 설마 그들이 우리가 발행한 국채를 사 줄 것이라 믿는 것인가?"

"예. 저들은 대만이 발행한 국채도 사 줬습니다."

후리안토 차관은 대만과 SH 그룹이 거래한 내용에 대한 정보를 떠올렸다.

그땐 중국이 곧 대만을 침공할 것이란 소문이 만연하고 있었다.

중국 인민 해방군의 규모에 비하면 대만의 방위군은 보름달 앞의 반딧불이와도 같은 상황이었다.

그만큼 중국과 대만의 군사력은 비교 불가의 전력 차를 가지고 있었다.

그런데 대만이 중국을 막기 위해 군사력 증강 차원에서 국채를 발행하자, 가장 많은 채권을 사 준 곳이 바로 SH 그룹이었다.

이는 전략적 차원에서 국채를 사 준 미국이나 일본, 그리고 한국 정부보다도 많은 액수였다.

미국과 일본은 중국이 태평양에 진출하는 것을 막을 수단으로 대만을 끌어들이고자 국채를 구매했다.

한국 또한 동맹인 미국의 알선으로 어쩔 수 없이 그 일에 동참한 것이다.

이는 한국의 대중국 무역을 생각한다면 무척이나 나쁜 결정이었다.

그로 인해 중국 정부는 미국이 뒤에서 압력을 행사한 것을 알면서도 제2의 사드 사태를 조장한다며 한국을 비난하고 경제적 보복을 가하였다.

처음에는 이게 먹히는 듯 보였다.

하지만 대한민국의 반응은 이전과는 달랐다.

이미 경제력과 군사력이 중국의 턱밑까지 따라온 상황.

물론 핵무기의 전력은 뺀 것이지만 말이다.

이러다 보니 대한민국은 더 이상 중국을 두려워하지 않았다.

또한 경제적으로도 굳이 중국에 목맬 필요가 없었다.

중국만이 인구가 많은 것은 아니기 때문이다.

아니, 중국이 제2차 사드 보복을 천명하자, 한국 또한 오래전 도움을 준 대만에 보상한다며 각종 최신 무기를 판매하는 것에 승인하였다.

그뿐만 아니라 대만이 발행한 채권을 더욱 많이 사들였다.

그러자 중국 정부는 당황해하며 제재를 완화하였다.

이런 전례가 있다 보니 후리안토 차관은 자신들도 이런 대만을 벤치마킹하여 SH 그룹에 채권을 발행하자는 말을 한 것이다.

이를 들은 호세 알도 장관은 두 눈이 번쩍 뜨였다.

실로 묘책이 아닐 수 없었다.

＊　　　　＊　　　　＊

필리핀 정부와의 협상 2일 차

필리핀 측 협상 담당인 후리안토 차관의 제안에 수호는 좀 황당한 표정이 되어 그의 얼굴을 쳐다보고 있었다.

그도 그럴 것이, 지금 그가 하는 말은 자신들의 예산이 부족하니 국채를 사 달라는 것이었다.

그러면 SH 그룹, 아니, 정확하게는 수호가 필요로 하는 민다나오 섬의 토지 일부를 불하해 주겠다는 이야기였다.

[마스터, 필리핀의 제안이 나쁘지만은 않다고 생각됩니다.]

수호가 잠시 고민을 하자, 느닷없이 슬레인이 텔레파시를 보냈다.

'그게 무슨 소리야?'

수호는 머릿속을 정리하지 못한 채 슬레인에게 되물었다.

그러자 슬레인은 조금 전 후리안토 차관이 건넨 제안

을 차분히 분석해 주었다.

한편, 후리안토 차관은 조심스럽게 이야기를 꺼내며 앞에 앉은 수호의 눈치를 살폈다.

"잘 알고 계시겠지만, 저희는 현재 남지나해에 출몰하는 중국의 해상 민병과 수중 드론으로 인해 심각한 위협을 받고 있습니다. 이를 대비하기 위해 노력을 하고 있지만, 예산의 한계로 인해 제대로 된 방비를 할 수가 없습니다."

하지만 수호는 아무런 반응을 하지 않고 곰곰이 생각에 잠겨 있을 뿐이었다.

"그렇게 중국의 위협을 신경 쓰기도 어려울 때, 남부 민다나오 섬에 자리 잡은 IS의 지령을 받는 테러분자들도 문제를 일으키고 있습니다."

후리안토는 IS와 테러분자들에 대한 이야기를 할 때, 단호한 표정을 지으며 이를 강조했다.

"저희가 이 때문에 시야가 좁아져서 무리한 요구를 한 것을 인정하겠습니다. 그러니……."

장황하게 이야기를 늘어놓던 후리안토 차관은 한 템포 숨을 고르더니, 본격적인 이야기를 하기 시작했다.

"SH 그룹의 제안을 수용하겠습니다. 90년간 SH 그룹이 지정하는 지역에 대해 일절 관여하지 않겠습니다. 대신……."

울트라 코리아

수호는 후리안토 차관이 하는 이야기를 듣곤 눈이 반짝였다.

사실 필리핀이 SH 그룹에 무리한 요구를 한 것도 맞지만, 자신도 필리핀의 제안에 강압적으로 대응했다.

90년간 매각한 지역에 대해 일절 터치를 하지 않는다는 조건은 거의 대사관이나 영사관급으로 취급을 해 달라는 요구나 다름없었다.

하지만 이는 어느 정도 바꿀 용의가 있는 부분이었다.

수호는 필리핀에 비밀 연구 단지를 조성한다는 것을 승인받기만 하면 되는 문제였다.

SH 그룹에서 관여한 방위산업은 육해공을 막론하고 무척이나 다양했다.

그러니 외부 인사가 감사하는 것에 신경이 쓰일 수밖에 없었다.

한국에선 국회의원, 혹은 정부 인사가 방위산업체에 수시로 들어와 연구를 살폈다.

때문에 수호는 이런 이유를 내세워 필리핀에 비밀 연구소를 짓겠다고 한 것이다.

그런데 필리핀 정부는 이를 곧이곧대로 듣고는 이번 기회에 SH 그룹에 덤터기를 씌워 막대한 이득을 취하려 했다.

"대만에 그런 것처럼 우리가 발행하는 국채를 귀사에서 매입해 주셨으면 좋겠습니다."

"음, 어느 정도를 예상합니까?"

막무가내로 우기던 필리핀이 한발 물러나자, 수호는 필리핀이 발행하려는 국채의 규모를 물었다.

"200억 달러가 필요합니다."

'헉! 웬만하면 들어주려 했지만, 200억 달러는 너무 많아.'

수호는 정말로 필리핀이 국채를 발행한다면 구매할 의사가 있었다.

하지만 그 규모가 커도 너무 컸다.

한화로 계산하면 무려 22조 원이나 되는 엄청난 금액이었다.

이는 한 기업이 감당하기에는 무리한 금액이 아닐 수 없었다.

*   *   *

[저는 그리 나쁜 조건이라고 판단되지 않습니다.]

'나쁘지 않다니? 무려 200억 달러의 채권을 사 달라는 거야. 아무리 예비금이 남아돌고 있다고 해도 그건 무리야.'

울트라 코리아

SH 그룹이 보유한 예비금과 슬레인이 주식으로 벌어들이는 금액을 보면 200억 달러는 그리 무리한 조건은 아니었다.

하지만 아무리 그렇다 한들 없어도 되는 액수 역시 아니었다.

[마스터, 조금만 다르게 판단해 보시기 바랍니다.]

'다르게 판단하라니? 이번에는 또 무슨 말을 하려고?'

자꾸만 같은 말을 되풀이하는 슬레인의 말에 수호는 약간 짜증이 났다.

그렇지만 수호는 언제나 자신을 먼저 생각하는 슬레인이라는 것을 알기에, 마음을 가라앉히고는 다시 물어보았다.

[저들이 채권을 사 달라고 하였으니, 그 조건으로 저들이 채권을 팔아 구입하려는 무기들을 SH에서 제공하는 것입니다. 물론 SH 그룹에서 생산하지 않는 것도 있겠지만, 그런 경우 구매를 대행해 주면 됩니다.]

'아, 그런 수가 있었구나.'

수호는 고개를 약간 끄덕였다.

자신은 단순하게 필리핀 정부가 한 제안을 그냥 돈이 나가는 일이라고만 생각하였는데, 슬레인은 시점을 바꿔 다른 이익을 낼 수 있는 방법까지 계산한 것이다.

필리핀은 돈이 생기면 중국과 IS의 사주를 받는 반군

들을 상대할 무기를 구매할 것이다.

하지만 200억 달러로는 거대한 중국과 이슬람 테러 조직을 동시에 상대하기 위한 무기를 모두 구매하기는 힘들었다.

그러니 최대한 가격이 싸면서도 성능이 적당한, 가성비가 좋은 무기들을 선정해야만 했다.

그리고 그런 무기들은 대부분 대한민국에서 생산하고 있었다.

미국산의 성능은 최상이나 가격이 그만큼 비싸고, 유럽산은 성능 대비 가격이 좋지 않았다.

러시아제는 카탈로그상 성능은 뛰어나나, 실전에서는 그만큼의 능력이 발휘되지 않았다.

이런저런 이유를 들어 미국이나 유럽, 그리고 러시아제 무기를 빼고 나면 방산 업체를 가진 나라는 몇 되지 않는다.

즉, 필리핀이 선택할 수 있는 무기들은 한국산일 수밖에 없는 것이다.

한국산 무기들은 필리핀이 운용하던 어떤 무기들보다 가성비가 좋았다.

수호는 머릿속으로 계산을 하고 난 뒤, 입을 열었다.

"필리핀 정부가 그런 요구를 한다면, 우리도 조건 하나를 걸겠습니다."

"조건이요?"

"네. 그쪽 입장에서도 나쁘지 않을 만한 내용입니다."

"좋습니다. 그렇다면 한 번 들어 보죠."

후리안토 차관은 자신들의 제안을 수용하기로 마음먹은 것 같은 수호의 대답에 분위기가 밝아졌다.

게다가 자신들에게 나쁘지 않은 내용이라 했으니, 들어 보고 자신들에게 이상하다 싶으면 거절하면 된다고 생각했다.

"조금 전 국채를 발행하는 이유가 필리핀 영해를 침범하는 중국의 인민 해방군, 해상 민병, 그리고 이슬람 반군을 막기 위한 무기 구매라 하셨습니다."

"네."

수호의 질문에 후리안토 차관은 순순히 대답했다.

"그렇다면 저희가 필리핀이 필요로 하는 무기들을 대신 구매해 드리겠습니다."

"네? 그게 무슨 소립니까?"

"솔직히 200억 달러어치 채권을 국가가 아닌 기업이 구매하는 것은 무리한 일입니다."

자신에게는 해당되는 이야기가 아님에도 수호는 일반적인 예를 들어 언급했다.

그러자 후리안토 차관도 고개를 끄덕이며 어느 정도

수긍하였다.

솔직히 후리안토 차관도 자신의 입으로 200억 달러어치의 국채를 구매해 달라고는 했지만, 그게 쉽게 성사될 거라고는 판단하지 않았다.

다만, 200억 달러에서 시작하여 금액을 줄여 갈 생각이었다.

"그래서 저희가 대신 구매 대행을 하겠다는 것입니다."

"네?"

"저희 그룹에서는 전투기는 물론이고, 보병용 장갑 전술 차량도 생산합니다. 그리고 군함도 건조를 하고 있으니 필요한 목록과 수량을 정해 주시면 만들어 드릴 수 있습니다. 또……."

수호는 SH 그룹이 가진 무기 생산 능력과 국내 방위 산업에 미치는 역량까지 언급하며, 필리핀 정부가 필요로 하는 무기들을 저렴하게 구매해 주겠다고 제안하였다.

"그게 가능합니까?"

설명을 듣던 후리안토 차관은 어안이 벙벙해져 되물었다.

그 또한 작년에 있던 인도와 중국 간의 국경에서 벌어진 전투에 대해 들었다.

당시 인도가 보유한 경전차가 중국과 파키스탄 연합군의 전차와 전투기를 격추한 뉴스를 보았다.

사실 필리핀이 히말라야와 같은 고지대가 없다고는 해도 정규 전차를 운용하기 좋은 상황은 아니었다.

이슬람 반군들을 상대하려면 정규 전차보단 가벼운 경전차나 차륜형 장갑차가 훨씬 유용했다.

그렇지만 필리핀이 보유한 경전차나 장갑차량은 너무도 낡아 날로 발전하는 대전차 무기에 속수무책으로 당하는 형편이었다.

때문에 반군을 상대하며 오히려 피해만 커져 잘 운용하지 않았다.

그런데 인도군이 사용하던 경전차의 경우, 한국이 개발하여 엄청난 성능을 가진 것으로 알려졌다.

경전차임에도 불구하고, 방어력이나 화력이 정규 전차 못지않은 성능을 가지고 있었다.

실제로 천적이나 다름이 없는 전투기를 상대로도 혁혁한 위력을 보여 주었다.

중국군 전투기가 발사한 공대지미사일을 막아 낸 것은 물론이고, 반격하여 두 기나 격추했다.

이는 지상군이 발사하는 대전차미사일 정도는 쉽게 막아 낼 수 있다고 봐도 무방했다.

이러한 생각을 하고 있던 후리안토 차관의 두 눈이

반짝였다.

'그래. 어차피 이들에게 국채를 팔려고 했으니, 이들에게 일임하면 우리가 무기를 구매하기 위해 뛰어다닐 필요도 없잖아.'

후리안토 차관은 마음속으로 조건을 따져 보았다.

"좋습니다. 일단 그 조건은… 돌아가서 보고하고 상부의 지시를 받은 뒤 다시 얘기하기로 하죠."

수호와 차관은 마주 보며 밝게 웃었다.

후리안토 차관은 귀찮은 일을 떠넘겼다고 생각하며 좋아했다.

물론 상부에선 어떻게 판단할지 자신할 수 없기에 후리안토 차관은 한발 뒤로 물러난 것이다.

"그럼 필리핀 정부와도 이야기해 봐야 할 듯하니, 내일 이 시간에 다시 마지막 협상을 하기로 하지요."

수호는 상대의 반응을 확인하고는 협상을 내일로 미뤘다.

"좋습니다. 그럼 내일 보기로 하죠."

*　　　　*　　　　*

그날 오후.

필리핀 정부 요인들은 모두 대통령궁에 모여 후리안

토를 기다리고 있었다.

"어떻게 되었나?"

필리핀의 대통령인 두리테가 안으로 들어서는 후리안 토 차관을 보며 물었다.

"예, 저희가 제안한 국채 구매를 해 주는 대신, 자신 들에게 무기 구매 대행을 맡겨 달라고 하였습니다."

"응? 그게 무슨 말이야? 자세히 설명을 해 봐."

두리테 대통령은 자신이 생각하던 것과 조금 다른 이 야기에 조금 더 자세한 설명을 들을 필요성이 있다고 판단했다.

그러자 후리안토 차관은 협상장에서 있던 협상 내용 을 하나도 빠지지 않고 설명하였다.

모든 이야기를 들은 두리테 대통령과 장관들은 잠시 머릿속을 정리하였다.

그리고 어느 정도 시간이 흘러 진정되자, 자신들의 의견을 이야기하기 시작했다.

"난 나쁘지 않다고 판단되는데, 다른 사람들은 어떻 게 생각하나?"

가장 먼저 입을 연 사람은 두리테 대통령이었다.

협상을 담당하던 상공부 장관이 다음으로 입을 열었 다.

"저도 그들에게 위임하는 게 좋을 것 같습니다. 한 기업이 저희가 발행하는 국채를 200억 달러나 구매한다면 그만한 혜택을 주는 것이 마땅하다고 생각됩니다."

자리에 있던 사람들은 대체로 좋은 분위기를 보였다.

하지만 모두가 긍정적인 이야기만 하는 것은 아니었다.

"굳이 그런 특혜를 줄 필요가 있습니까?"

부정적인 이야기를 하는 인사들은 대체로 야당에서 정부에 밀어 넣은 인사들이었다.

그렇지만 그들이라고 해도 지금보다 더 좋은 방안을 가진 것이 아니기에 어쩔 수 없이 대세를 따라야만 했다.

3. 세일즈

대한민국이 난리가 났다.

그 이유는 바로 무려 200억 불의 무기 수출 계약이 이루어졌기 때문이다.

물론 이전에 이보다 더 많은 무기 수출 계약이 없던 것은 아니다.

그럼에도 이렇게 큰 이슈를 불러온 것에는 다른 이유가 있었다.

전 세계에 새롭게 떠오르는 군사 무기 기업인 SH인더스트리가 필리핀으로부터 국채를 구입하는 조건으로 200억 달러어치 무기의 구매 대행을 맡았기 때문이다.

이러한 조건의 무기 판매는 동서고금을 막론하고 들어 본 적이 없기에 대한민국뿐만 아니라 전 세계 유수 나라의 언론들까지 이를 다루는 뉴스를 내보낼 지경이었다.

무려 200억 달러다.

한화로 22조 원이나 하는 엄청난 금액이고, 대한민국의 국방예산의 1/3에 해당하는 막대한 액수인 것이다.

SH인더스트리는 자신들이 생산하는 무기는 물론이고, 대화 디펜스, LIG넥스트 등 다양한 대한민국의 방위산업체에서 무기를 구매를 하여 필리핀으로 보냈다.

이로 인해 대한민국에 존재하는 많은 방위산업체가 로비 자금 하나 들이지 않고 엄청난 수익을 올렸다.

특히 대현조선이나 성삼 중공업은 6,000t급 구축함을 수주했다.

KDX—Ⅱ 충무공 이순신급 구축함을 대체하기 위해 개발된 이 신형 구축함의 가격은 무려 9,000억 원으로 결코 싸지 않았다.

이 군함을 필리핀이 확보하게 되면, 중국이 보유한 그 어떤 군함에도 뒤지지 않는 최첨단 구축함을 가지게 되는 것이었다.

사실 필리핀 정부에선 이보다 한 단계 낮은 호위함을 언급했다.

하지만 대한민국 해군의 최신예 이지스 구축함의 제원을 확인하고는 바로 마음을 바꿔 이것을 구매하기로 결정한 것이다.

그로 인해 필리핀 해군이 환호를 했다는 뒷소문이 들려오기도 했다.

한편, 필리핀의 해군력이 강대해지자, 인근의 나라들은 긴장 상태에 돌입했다.

그런데 필리핀의 무기 구매는 이런 정도로 끝나지 않았다.

다음 군사력 증진의 대상은 공군이었다.

미국이 자랑하는 5세대 스텔스 전투기를 구매하는 것이 최선이겠지만, 솔직히 필리핀 공군에는 운용할 노하우와 예산이 없어 불가능한 일이었다.

때문에 필리핀 공군은 한국이 사용하는 FA—50 경공격기를 희망했다.

그런데 SH인더스트리는 더 좋은 KFA—01 스무 기를 구매하였다.

이는 한 개 비행단 규모의 전투기 구매였다.

FA—50을 능가하는 엄청난 폭탄 탑재 중량을 가진 전투기가 온다는 소식은 필리핀 공군을 해군만큼이나 환호하게 만들었다.

거기에 더해 한국형 스마트 폭탄인 KGGB는 물론

이고, 한국과 타우러스 시스템즈가 공동으로 개발한 KEPD 350—2도 운용이 가능했다.

이제 필리핀 영해에서 불법 어업이나 오수를 무단으로 방류를 하는 해상 민병을 효과적으로 막을 수 있게 되는 것은 물론이고, 이들을 보호하려는 중국의 인민 해방군 소속 군함 또한 충분히 대응할 수 있게 되었다.

사실 이전에는 제대로 된 군함이나 전투기가 없어 중국 국적의 선박이 불법을 자행하더라도 필리핀 입장에서는 어떻게 할 방법이 없었다.

그나마 한국에서 공여해 준 콘라도 얍(충주)함이나 호세 리잘함이 겨우 대응을 하고 있다고는 해도 이들만으로는 무리가 있었다.

만약 이번에 계약한 최신예 구축함이 인도된다면 수적으로는 부족할지 몰라도 그 전투력은 결코 무시할 수 없게 될 것이다.

마지막으로 필리핀 육군 역시 환호작약할 기회를 얻었다.

그 이유는 민다나오 섬 남부에 숨어 암약하고 있는 IS 추종 무장 반군 아부 사야프를 상대하기 좋은 무기들을 다량 구매했기 때문이다.

SH인더스트리는 경전차와 장갑 전투차, 그리고 다연장 로켓포와 필리핀군도 많이 사용 중인 105㎜ 포탄을

울트라 코리아

발사할 수 있는 차륜형 자주포를 사들였다.

특히나 이 105㎜차륜형 자주포는 예전부터 필리핀 육군이 탐을 내던 무기 중 하나였다.

휴대용 대전차미사일의 대명사가 된 러시아제 명품 무기, RPG—7로 무장한 아부 사야프를 상대하기에 이보다 좋은 장비는 없었다.

이제 원거리에서 다연장 로켓포와 105㎜ 차륜형 자주포로 공격하고, 숨어서 기습을 하려는 아부 사야프의 테러범들은 전투 장갑차로 막아 내면 그만이었다.

게다가 공군이나 해군의 경우, 무기를 주문하면 인도 받기까지 최소 2년 이상은 걸린다.

그에 반해 육군은 바로 받아 볼 수가 있었다.

그도 그럴 것이, 다연장 로켓포는 최신 사양이 아닌, 한국군이 사용하다 전쟁 치장 물자로 분류한 것은 새롭게 개선하여 판매하는, 엄밀히 말해 중고품이었다.

그리고 105㎜ 차륜형 자주포는 대한민국 육군이 사용하던 것을 그대로 필리핀 육군에 넘겨주는 것이기 때문이었다.

어떻게 보면 한국 육군이 사용하던 중고를 구매하는 것이라 나쁘게 볼 수도 있는 문제이지만, 필리핀 육군은 그렇게 판단하지 않았다.

다르게 생각하면 한국 육군이 사용하던 것이니 이미

검증이 된 물건이었다.

그리고 무기를 판매하는 거의 모든 나라가 혹시라도 적군의 손에 들어가는 것을 우려해 해외 판매를 할 때는 꼭 자국군이 사용하는 것보다 성능이 못 미치게 다운그레이드하여 판매를 하는 것이 보편적인 사실이었다.

하지만 조금 전에도 언급한 것처럼 필리핀에 판매되는 육군의 무기는 모두 대한민국 육군이 사용하는 것을 간단한 점검 및 보수를 한 뒤에 필리핀으로 인도되는 것이었다.

그러니 동일한 성능을 내는 무기라는 소리였다.

그러하기에 필리핀 육군이 모두 좋아하는 것이다.

무기의 성능이 좋다는 소리는 그만큼 자신의 생존율이 올라간다는 소리나 마찬가지이기 때문이다.

언제 어느 때 테러를 자행하는 아부 사야프를 상대할지 모르는 상태에서 고성능의 무기는 필리핀 육군의 생명을 지켜 주는 고마운 존재다.

이렇듯 무기를 판매하는 대한민국이나 무기를 구매하게 된 필리핀이 이렇게 환호하는 반면, 이 소식을 들은 중국의 경우 대변인을 통해 유감을 표하였다.

남중국해에서 긴장을 조성하려고 책동을 한다며 필리핀을 비난하는 한편, 자국과 대립하는 나라에 무기를 판매한 한국에도 엄중 경고를 하였다.

물론 효과는 없었다.

그 이유라고 내건 것이 삶은 달걀에 이도 들어가지 않는 어처구니없는 말이었기 때문이다.

*   *   *

엄청난 무기 판매 실적에 정동영 대통령은 이번 일을 성사시킨 수호를 청와대로 불러 치하하였다.

비록 두 사람의 나이 차이는 거의 두 배 가까이 났지만, 정동영 대통령은 그런 것을 떠나 수호가 이룬 일에 대해 기뻐하며 격려하지 않을 수 없었다.

사실 200억 달러 어치의 무기에 대해 SH 그룹에서 독식을 했다면, 정동영 대통령도 이렇게 기뻐하며 수호를 불러 격려하진 않았을 것이다.

하지만 이번처럼 SH 그룹 계열사가 아닌 다른 그룹의 방위산업체에서도 무기를 구매해 필리핀에 보낸 것은 국가적으로 봐도 무척이나 고마운 일이었다.

"정말 훌륭한 일을 하셨습니다."

"아닙니다. 저희가 필요에 의해서 한 일일 뿐입니다. 더욱이 중계를 하면서 수수료도 많이 챙겼습니다."

대통령의 칭찬에 수호는 겸손함을 내비쳤다.

"당연히 챙길 것은 챙겨야지요. 그래야 국가에 세금도 많이 내지 않겠습니까?"

"하하, 물론 그래야죠. 그래서 말인데, 대통령님께서 좀 중재를 해 주실 수 없겠습니까?"

"네? 그게 무슨 말입니까? 중재를 해 달라니요?"

느닷없는 수호의 부탁에 정동영 대통령은 고개를 갸웃거리며 되물었다.

"대통령님께서 어디까지 알고 계시는지는 모르겠지만, 이번 필리핀의 무기 수입 자금은 전부 저희 SH 그룹에서 나간 것입니다."

"네? 그게 무슨 말씀입니까?"

필리핀의 무기 판매 중계를 SH 그룹에서 했다는 것은 알았지만, 그 내막은 자세하게 알고 있지 않았다.

다만, 뭔가 필리핀 정부와 SH 그룹 간에 커넥션이 있을 것이라고만 생각했을 뿐이다.

"그것은……."

수호는 의아해 하는 대통령에게 저간의 사정을 이야기하였다.

물론 필리핀 남쪽 바다에 외계인의 유물이 있어 그것을 인양해야 한다는 내용은 쏙 빼고 말이다.

수호는 그저 다른 나라의 눈치를 보지 않고 무기나 첨단 로켓의 실험을 하기 위해 부지를 구하다 보니 필리핀 남부에 있는 민다나오 섬이 눈에 들어왔다고만 말했다.

"왜 필리핀을 선택한 건가?"

수호의 이야기를 모두 들은 정동영 대통령이 되물었다.

"필리핀을 선정한 이유는 6.25 전쟁의 참전국이고, 이후 경제 발전을 위해 도와준 일도 있기 때문입니다."

"음, 확실히 그들은 우리에게 많은 도움을 줬지."

"그런 필리핀이 현재 많은 어려움을 겪고 있습니다. 자신들의 앞바다라 할 수 있는 영해까지 침범하는 중국 인민 해방군과 해상 민병, 그리고 내부에서 혼란을 야기하는 이슬람 무장 반군으로 인해 말입니다."

이 때문에 무리한 요구를 하여 자칫 협상이 결렬이 될 뻔도 했다.

하지만 대안으로 제시한 국채의 발행과 무기 구매 대행이라는 조건을 받아들여 협상은 타결되었다.

"아, 그런 일이 있던 거군요."

모든 이야기를 들은 정동영 대통령은 참으로 기발한 방법이 아닐 수 없다는 생각을 하였다.

한때 대한민국도 북쪽의 불편한 동포로 인해 많은 고초를 겪었다.

그리고 대한민국을 힘들게 한 건 그들만이 아니다.

과거 한반도를 식민지로 두고 지배를 하며, 인간으로서는 감히 상상도 하지 못할 만행을 저지른 일본에도 고개를 숙여야만 했다.

그런 수모를 겪고, 굴욕적인 일까지 감내하며 차관을 빌려 와 지금의 밑거름으로 삼았다.

만약 그런 선배들이 없었더라면 지금의 대한민국도 없었을 것이다.

그런 점을 따져 보면 필리핀 정부의 처사도 나쁘게만 생각할 수는 없었다.

그들도 자국의 안녕을 위해 SH 그룹을 상대로 억지를 부린 것이지 않은가.

그리고 결과적으로는 그들이나 우리나 모두 만족한 거래를 할 수 있었다.

물론 SH 그룹은 운용 자금 중 일부인 200억 달러를 별 소용도 없는 필리핀의 국채를 구입하는데 사용한 것이니 큰 이득이라 볼 수는 없었다.

수호는 지금 그것에 대해 대통령에게 이야기를 하는 중이었다.

"음, 그렇긴 하지만 내가 어떻게 도움을 줄 수 있다는 말인가?"

정동영은 정치인이지 기업을 경영하는 기업인이 아니다 보니 사고에 한계가 있는 것은 당연했다.

그렇기에 그는 지금 수호가 무엇을 말하는 것인지 정확하게 파악할 수 없었다.

"크게 바라지는 않습니다. 그저 저희 그룹에서 납부할 세금의 일부를 저번처럼 현물 대납으로 할 수 있게 허가를 내주시기 바랍니다."

"음."

수호의 입에서 또 다시 현물 대납에 대한 이야기가 나오자, 정동영 대통령의 입에서 신음성이 터져 나왔다.

그도 그럴 것이, 아무리 대통령이라 해도 세금 문제에 한해서는 쉽게 결정을 내릴 수는 없기 때문이었다.

"일본은 이번 역시 마이너스 성장을 기록하면서도 노후 된 해상 자위대의 군함들을 최신 이지스 호위함으로 교체한다고 합니다."

현재 일본은 최강의 군함이라 할 수 있는 이지스 구축함 열여섯 척에 소형 이지스 시스템을 탑재한 중형 이지스 구축함을 역시 열여섯 척을 건조하는 계획을 수립했다.

이는 날로 기울어져 가는 일본의 조선 산업을 연명하려는 목적도 있지만, 해상 자위대의 전력 또한 보강하려는 계획의 일환이었다.

만약 이 계획이 완료된다면 일본의 해상 전력은 미국

에 뒤지지 않을 정도가 된다.

물론 이지스 순양함이나 구축함의 숫자는 미국이 압도적으로 많지만, 미국은 세계 최강이란 타이틀만큼이나 신경을 써야하는 지역이 많기에 동북아시아에 치중하는 일본 해상 자위대와 비교한다면 그보다 우위에 있다고는 말하기 힘들었다.

그에 반해 대한민국 해군의 전력을 살펴보면 사실 일본과 비교하는 것이 부끄러울 만큼 형편없었다.

이지스 구축함이 있기는 하지만 겨우 일본의 절반인 여섯 척에 불과했다.

그중 세 척은 이미 군함의 수명 주기가 10년 정도밖에 남아 있지 않은 상태다.

하지만 이지스 구축함의 핵심은 그 이름에서도 알 수 있듯 이지스 레이더 시스템이다.

그런데 대한민국이 보유한 이지스 구축함의 이지스 시스템은 너무도 낡은 구형이다.

이는 후속 모델인 KDX—Ⅲ Batch—Ⅱ도 마찬가지다.

국내 기술로 만들어진 위상 배열 레이더가 있지만 이는 아직 신뢰성이 부족해 사용되지 못하고 있다.

그렇다곤 해도 인접국이자 독도를 둘러싸고 헛소리를 하는 일본을 생각한다면, 해상 전력이 너무도 떨어지는 것 또한 사실이다.

물론 한국의 미사일 전력이 강력하니 이를 극복할 수는 있었다.

하지만 이를 100% 확신할 수는 없었다.

일본은 해상 자위대가 보유한 열여섯 대의 이지스 구축함 뿐만 아니라 육상형 이지스 시스템인 이지스 어쇼어를 두 기나 가지고 있다.

한때 이지스 어쇼어가 배치가 될 인근 주민들의 반발로 난항을 겪기는 했지만, 어찌 되었든 탄도미사일까지 추적이 가능한 이지스 시스템이 일본에는 총 열여덟 기가 있다는 말이었다.

그렇기에 한국이 보유한 미사일 전력이 막강하다고 해도 자신할 수 없는 것이다.

그나마 다행인 점은 일본에 지상을 타격할 수단이 공중에서 발사하는 공대지미사일 뿐이란 것이다.

그것도 소량만 보유하고 있기에 현재 해군이 보유한 이지스 구축함으로 충분히 요격이 가능했다.

물론 육군의 국지 방어기가 충분히 확보된다면 북한 뿐만 아니라, 유사시 중국과 일본의 공격도 막아 낼 수 있다.

하지만 아직까진 북한군의 장사정포와 방사포를 막는 것만으로도 벅찬 수준이다.

그러니 지금 수호는 이를 대통령에게 언급을 하는 것이다.

　"필리핀도 세 척이나 건조를 하는데, 저희 역시 못해도 그 정도는 더 배치해야 하지 않겠습니까?"

　"하지만 기존에 수립한 계획에 의하면, 올해 두 척의 Batch—Ⅱ가 해군에 인계되는 것으로 알고 있습니다."

　"물론 그렇긴 합니다. 하지만 그래 봐야 여덟 척입니다. 일본은 그 배나 되고 또 그만큼 더 도입을 합니다."

　수호는 대통령의 대답을 듣고 답답한 마음에 급히 그 말을 받았다.

　그리고 덧붙여 이야기하였다.

　"꼭 이지스 구축함의 수가 일본과 같아야 한다는 것은 아닙니다. 하지만 그 절반은 따라가야 하지 않겠습니까?"

　적 탐지와 추적이 뛰어난 이지스 시스템을 갖춘 이지스 구축함이라 해도 천하무적의 군함은 아니다.

　그렇지만 1:1은 아니더라도 2:1은 되어야 적이 쏘아 낸 미사일을 막고 보다 우위에 있는 미사일 전력을 사용해 동귀어진이라도 해 보지 않겠는가?

　물론 그럴 일은 절대 없었다.

　이미 슬레인과 함께 만든 미사일 방어 체계는 육상뿐만 아니라 해상에서도 충분히 사용이 가능한 시스템으로 미국이 개발한 이지스 시스템보다 한층 진보된 방어 체계이기 때문이었다.

*   *   *

청와대 대통령 집무실에 많은 사람이 모여 심각한 표정으로 회의를 하고 있었다.

이들이 지금 하고 있는 회의의 주제는 바로 며칠 전 SH 그룹의 회장인 수호가 던지고 간 것과 일맥상통했다.

SH 그룹이 납부해야 할 세금의 일부를 현물로 대납을 해 달라고 한 수호의 부탁은 대한민국 국방력을 생각하면 결코 나쁜 이야기는 아니었다.

그렇지만 전에도 한 번 이런 적이 있었다.

특수부대를 위한 파워 슈트 구매를 위한 특별 예산을 만들 때, 부족한 예산만큼 세금에 대한 현물 납부를 허가해 준 것이다.

이는 국회에서도 통과하였기에 현재 SH인더스트리로부터 특수부대에 파워 슈트가 납품이 되고 있다.

그런데 이번에 또 다시 현물 납부를 받아들이게 된다면 분명 야당에서 이를 트집 잡을 것이 분명했다.

"대통령님, 이번 SH 그룹 회장의 부탁은 너무 무리한 것이라 생각됩니다."

이신형 국무총리는 고개를 저으며 답했다.

이대로 가다간 자칫 정경유착 내지는 특혜 논란이 일어날 수가 있었다.

"그렇습니다. 이번에도 그들의 요구를 들어주게 된다면, 특혜 논란이 벌어질 수도 있습니다."

이신형 국무총리에 이어 이번에는 국정원장도 반대 의사를 표했다.

하지만 반대만 있는 것은 아니었다.

"그렇게만 생각할 것이 아니라 중국과 일본의 군사력 증강에 맞춰 우리 군 또한 비슷한 전력을 꾸려야 합니다."

현재 중국과 일본은 급격한 군사력 증강을 꾀하고 있었다.

중국의 경우 창정 18형 핵잠수함과 헬기 항공모함인 075형 상륙함, 그리고 다기능 위상 배열 레이더를 탑재한 055형 구축함을 각각 잠수함 한 척, 상륙함 두 척 그리고 구축함 여섯 척을 건조 중이었다.

그런데 중국은 해군력만 증강하는 것이 아니라, 자체적으로 전투기 제조를 하면서도 러시아에 Su—35를 100대 구매하기로 계약하였다.

이렇듯 동북아의 강국 중 하나인 중국이 전력 증강에

열을 올리자, 중국과 영토 분쟁을 하고 있는 일본도 뒤질세라 따라잡기에 나섰다.

공고급 이지스 구축함과 아타고급 이지스 구축함의 후속으로 일본은 마야급 이지스 구축함을 건조하기 시작한 것이다.

이지스 구축함을 무려 열여섯 척이나 보유하고 있음에도 불구하고 일본은 중국을 견제한다는 명목 하에 또다시 열여섯 척의 중형 이지스 구축함을 건조 계획을 발표하였다.

그런데 이지스 구축함 건조 계획은 장난이라는 듯 조기 경보기인 E—2D 세 기, 공중 급유기 KC—46A 세 기 또한 구매를 추진하였다.

KC—46A는 일본이 이미 네 기나 사용하고 있는 것으로 그 성능에 만족하여 추가 구매를 하는 것이다.

이렇게 중국과 일본이 군사력 증강을 위해 열을 올리고 있을 때, 대한민국에선 큰 전력 증강 계획이 발표되지 않고 있는 중이었다.

그저 기존에 잡힌 계획대로 진행할 뿐, 중국과 일본처럼 추가 증강 계획은 없었다.

최대환 국방부 장관은 그런 점을 꼬집으며, 수호가 대통령에게 제안한 현물 납부에 대해 긍정적인 모습을 고수했다.

그리고 최대환 국방장관의 지적이 있자 이신형 국무총리가 던진 반대 의견은 쏙 들어갔다.

잠재적 적국이나 다름이 없는 중국과 일본이 어느 정도로 전력 증강에 나서고 있는지 깨닫게 된 탓이었다.

대한민국은 아직까지 주적으로 북한만을 상정하고 있다 보니, 전력 증강이 비교적 방어에 치중을 하고 있다고 볼 수 있었다.

물론 다른 전력의 증강을 하지 않고 있던 것은 아니었지만, 중국과 일본에 비하면 새발에 피나 다름없는 정도였다.

"그렇긴 해도 예산이 문제이지 않습니까?"

현물 대납을 승인해도 이는 언 발에 오줌 누는 정도에 지나지 않았다.

중국과 일본을 따라잡기 위해서는 제대로 된 계획을 가지고 정책을 수립을 해야만 하는 문제였다.

"그럼 저희도 국채를 발행하는 것은 어떻습니까?"

조용히 대화를 듣고 있던 안보실장이 조심스럽게 안건을 냈다.

필리핀이 부족한 예산을 대신해 국채를 발행해 그것으로 무기를 구매한 것을 떠올리며 안건을 낸 것이다.

"국채를 발행을 한다고 해도 모두 판매가 될까요?"

국채 발행은 신중히 생각한 뒤 발행해야만 한다.

울트라 코리아

자칫 국채를 발행했는데 판매가 저조하면 이는 국가 신용도에 영향을 주기 때문이다.

수출로 먹고 사는 대한민국의 입장에선 무엇보다 신중하게 판단을 해야만 하는 일었다.

"우리 대한민국은 예전 외환 위기 때의 대한민국이 아닙니다."

상공부 장관인 이해룡은 자신감 있는 목소리로 자신의 생각을 이야기하였다.

대한민국은 한때, 국고에 달러가 부족해 큰 어려움을 겪은 적이 있었다.

하지만 전 국민이 일치단결하여 금방 외환 위기를 극복하고 이제는 G10에 들어갈 정도로 성장하였다.

일각에서는 갈수록 마이너스 성장을 하고 있는 일본을 빼고, 대한민국을 G7안에 넣자는 이야기가 나돌 정도였다.

그러니 이해룡 상공부 장관은 조금 전 안보수석이 언급한 국채 발행에 대해서 자신감을 보이는 중이다.

"그럼 국채 발행에 대해서는 문제가 없다는 말씀이시죠?"

정동영 대통령은 상공부 장관의 말에 미소를 지으며 물어보았다.

"문제없습니다."

"좋습니다. 그럼 국채를 발행하기로 하고……."

처음 시작은 SH 그룹에서 제안한 세금의 일부 현물 납부에 대한 논의에서 이제는 날로 증강하는 중국과 일본의 전력에 대한 대응책으로 진행이 되었다.

*　　　*　　　*

존 바이드 대통령은 밀라 모리스 국무장관의 보고에 놀라 두 눈을 동그랗게 떴다.

그도 그럴 것이, 그의 보고가 너무도 어처구니없었기 때문이다.

"그러니까 한국이 무기를 구매할 테니 국채를 사 달라고 했다는 것입니까?"

"예. 정확하게 들으셨습니다."

"허……."

미국을 상대로 조건부 무기 구매를 하다니 처음에는 어이가 없었다.

하지만 조금 깊게 고민을 해 보니 썩 나쁘지 않다는 생각이 들었다.

그도 그럴 것이, 요즘 한국이 가고 있는 행보를 보면 자신들 미국의 품에서 벗어나려는 움직임이 포착되고 있었다.

그런데 이렇게 국채를 자신들이 사들이게 된다면 이것을 빌미로 잠시나마 잡아 둘 수 있을 것으로 판단되었다.

"자네 생각은 어때?"

마음속으로는 이미 결정을 내렸지만, 혹시나 하는 마음에 보고를 한 밀라 모리스 국무장관에게도 의견을 물어 보았다.

"나쁘지 않다고 생각합니다."

"나쁘지 않다?"

"예. 그들은 시간이 갈수록 점점 더 성장을 할 것입니다. 그리고 언젠가는 저희의 품에서 벗어날 것이고요."

이미 전시 작전권도 한국에 넘어간 상태라 더 이상 미국은 한국에 대한 영향력이 예전처럼 절대적이지 못했다.

예전에는 주한미군 철수나 무기 판매 금지 정도만 언급을 해도 벌벌 떨던 한국이었다.

하지만 세월이 흐르고 미국으로부터 원조를 받던 나라에서 이제는 UN의 일원으로서 세계 평화에 이바지하는 나라가 되었다.

평화 유지군을 파견하기도 하고, 경제 재건단을 파견하기도 하는 등, 세계 곳곳에서 그 영향력을 미치고 있다.

그러니 이제는 미국도 다른 시선으로 한국을 바라봐야만 할 때가 되었다.

동맹이긴 하지만 한 수 아래로 보던 것에서 이제는 동등한 존재로 여겨야만 했다.

그래야 그 관계가 오래갈 것이기 때문이다.

"그럼 어느 정도나 사는 것이 좋겠나?"

밀라 모리스 장관도 자신과 같은 생각이라는 것을 알게 되자 존 바이드 대통령이 물었다.

한국이 발행하는 국채의 구매 규모를 물은 것이다.

"200억 달러어치의 국채를 구매해 줄 것을 타진해 왔으니 그 정도면 충분할 것 같습니다."

"200억 달러? 흐음……."

200억 달러는 국채 발행 규모를 따져보면 그렇게 큰 규모도 그렇다고 작은 것도 아니었다.

다만, 너무도 구체적인 액수라 그 의미를 한 번 고민해 봤다.

"액수가 너무 구체적인데, 이유가 있나?"

이상한 생각이 든 존 바이드 대통령은 책정된 금액에 대해 궁금증을 물었다.

"그건 아마도 얼마 전 필리핀이 한국을 상대로 국채를 발행하여 무기 구매를 한 것과 같은 이유인 것으로 보입니다."

"아! 그게 있었지."

존 바이드 대통령은 국무장관의 대답을 듣고서 그제야 생각이 난 것인지 고개를 끄덕였다.

"그럼 한국이 우리에게서 뭘 사겠다고 언급을 했나?"

필리핀이야 자국에서 생산하는 무기가 없으니 전량 외부에서 들여와야 하겠지만, 한국은 이제, 군에서 사용하는 거의 대부분의 무기를 만들어 내는 나라다.

그러니 필리핀처럼 발행한 국채 금액 그대로 구매를 하진 않을 것이 분명했다.

그래서 물어본 것이다.

"공중 조기 경보기와 공중 급유기 그리고 공대지 장거리 순항미사일과 공대공 장거리 및 중거리 미사일 등이 있습니다."

"아, 아직 한국이 만들지 못하는 것들이군."

이야기를 들은 존 바이드 대통령은 고개를 끄덕였다.

나중이야 알 수 없지만, 현재까지 대한민국의 방위산업체가 만들지 못하는 품목들이었다.

"상환 기간도 길지 않아 나쁘지 않습니다."

대한민국 정부가 발행하는 국채의 상환 기간도 그리 길지 않다는 것이 밀라 모리스 국무장관이 국채 구매를 긍정적으로 보는 이유 중 하나다.

날로 발전하는 한국을 생각하면 짧은 상환 기간이면

서도 수익률이 좋았기 때문이다.

거기에 판매한 국채의 금액 일부를 미국산 장비를 구입하겠다는 것도 마음에 들었다.

만약 그런 조건이 없었더라면 아무리 수익이 기간에 비해 좋다고 해도 한국이 발행하는 국채의 구매를 고민을 해 보았을 것이다.

*　　　*　　　*

"하하, 어서 오시게."

UAE의 국방장관이자 왕자인 만세르가 공항에 도착한 수호를 맞이하였다.

"왕자님께서 이렇게 직접 나오시다니 영광입니다."

수호는 자신을 크게 환영하는 만세르 왕자를 보며 살짝 고개를 숙여 보이며 인사를 하였다.

"우리 사이에 뭐 이런……."

뭐가 그리 기분이 좋은 것인지 만세르 왕자는 연신 웃어 보이며 수호를 맞았다.

"국왕폐하도 무척이나 만족해하시네."

공항을 빠져나와 함께 이동을 하는 중, 만세르 왕자는 뜬금없이 UAE의 국왕을 언급하였다.

하지만 수호는 그런 만세르 왕자의 말을 이해하는 것

인지 미소를 지으며 대답을 하였다.

"만족하시다니 저로서는 영광입니다."

사실 만세르 왕자가 언급한 것은 바로 UAE가 SH항공에 의뢰를 한 5세대 스텔스 전투기에 대한 것이었다.

6개월 전 만세르는 SH항공에서 개발한 KFA—01을 인도받기 위해 한국에 왔다.

그리고 그곳에서 이란의 위협으로부터 나라를 지키기 위해 스텔스 전투기에 대한 제작을 의뢰하였다.

당시 수호는 KFA—01을 인도하는 곳에서 SH항공이 5세대 스텔스 전투기 제작 능력이 있음을 언급하면서 만세르 왕자를 꼬드겼다.

UAE가 무엇을 필요로 하는지 잘 알고 있던 수호였기에 이야기를 꺼낸 것이다.

그리고 수호가 만들려고 하던 스텔스 전투기는 이미 KFA—01을 설계할 때부터 동시에 계획이 수립되었다.

슈퍼컴퓨터를 이용한 3D 설계를 하였기에 동시에 설계가 가능했고, 또 외부 무장만 하는 4세대 전투기와 내부에 무기를 감추는 5세대 스텔스 전투기의 부품 호환성을 높여 한 라인에서 조립이 가능하게 만들었다.

이는 일반 상식으로는 도저히 가능하지 않은 일이었지만, 슬레인과 수호는 이를 가능하게 만들었다.

그러하기에 UAE는 애초 계획과 다르게 4.5세대 전투기인 KFA—01의 인도받는 숫자를 줄이고, 5세대 스텔스 전투기를 부족한 KFA—01만큼 확보할 수가 있게 되었다.

그러니 지금 만세르 왕자는 UAE의 국왕이 무엇 때문에 기뻐하였다고 하는지 언급을 한 것이다.

"그런데 바쁜 자네가 먼 이곳까지 어쩐 일인가?"

만세르 왕자는 수호가 자신의 나라까지 온 이유가 궁금해 물어보았다.

"예, 저희 정부의 승인이 떨어져서 하는 제안인데, 왕자님 혹시 MD에 대해 관심이 있으십니까?"

수호는 목소리를 낮추며 은근한 목소리로 물었다.

"MD? 혹시 그것이 미사일 방어 체계를 말하는 것인가?"

만세르 왕자는 수호가 언급한 것이 자신이 생각하는 것이 맞는지 물어보았다.

"예, 맞습니다."

"설마 한국이 이스라엘처럼 MD 체계를 완성했다는 말인가?"

UAE는 적대 종파인 이란과 폭이 불과 50㎞도 되지 않는 호르무즈 해협을 사이에 두고 대치를 하고 있다.

그렇기 때문에 나라의 안전을 위해 국방에 심혈을 기울이고 있었다.

SH항공에서 4.5세대 전투기인 KFA—01과 5세대 스텔스 전투기를 구매한 것도 그러한 이유 때문이다.

대한민국이 북한의 장사정포와 방사포 공격을 막기 위해 국지 방어기를 개발한 것처럼 UAE는 이란의 미사일 공격을 막기 위해 이스라엘의 아이언 돔 시스템을 구매하려고 하던 적도 있었다.

하지만 이슬람 국가에는 무기를 판매하지 않는 이스라엘의 정책으로 인해 아이언 돔 구매는 불발이 되었다.

그런데 지금 국가의 숙원과도 같은 미사일 방어 체계를 언급하는 수호로 인해 만세르 왕자의 머릿속은 무척이나 복잡해졌다.

"저희가 개발한 MD는 아이언 돔 체계와는 다른 탄도미사일까지 방어가 가능한 다층 방어 체계입니다."

"뭐라고?"

만세르 왕자는 탄도미사일까지 방어가 가능하다는 수호의 설명에 깜짝 놀라 소리쳤다.

아직까지 그 어떤 나라도 탄도미사일까지 막아 낼 수 있는 미사일 방어 체계를 완성하지 못했다.

그저 다층으로 구분을 하여 미사일을 쏘아 보내는 체계를 완성했을 뿐이다.

즉 100% 완벽한 방어를 보장하지 않는 방어 체계인

것이다.

하지만 지금 이야기를 하는 것은 완벽한 미사일 방어 체계였다.

혹시라도 자신의 이야기를 믿지 못할 수도 있기에 수호는 시험 장면이 담긴 영상을 보여 주었다.

차량을 함께 타고 가면서 보여 주는 동영상에 만세르 왕자는 깊은 관심을 보이는 것은 어찌 보면 당연한 일이었다.

지상과 대류권 그리고 성층권으로 3부분으로 나뉜 방어 체계는 무척이나 진보된 체계로 꾸려져 있었다.

대기의 영향을 받는 지상과 대류권은 기본적으로 레이저 무기와 혹시나 안개나 비 등으로 레이저 무기를 사용할 수 없을 때를 대비해 초음속 탄체를 발사할 수 있는 보조 무기가 준비가 되어 있다.

그리고 날씨의 영향을 받지 않는 성층권에는 강력한 레이저 무기를 탑재한 비행선이 준비된 상태였다.

이는 SF 영화에서나 볼 법한 체계였다.

'이게 가능하다고?'

도저히 믿을 수가 없는 일이었지만, 동영상을 보았기에 믿지 않을 수가 없었다.

4. 무기 판매를 위해 UAE로

UAE는 일곱 개의 에미리트(토후국)로 이루어진 나라다.

아라비아 반도 동부에 위치해 있으며, 국토의 면적은 83,600㎢, 수도는 아부다비다.

종교적으로는 이슬람 수니파에 속하지만, 다른 종교를 탄압하는 여타 이슬람 국가와 다르게 종교의 자유가 보장되어 있다.

다만, 무슬림이 다른 종교로 개종하는 것은 불법으로 간주했다.

그리고 이슬람 국가에서 암묵적으로 행해지는 명예살

인 역시 UAE에서는 명백한 불법이며, 이에 대해 강력히 처벌했다.

이렇듯 이슬람 국가라고 해도 사우디아라비아나 이란과 다르게 참으로 개방적인 정책을 펼치는 나라가 바로 UAE였다.

또한 그들은 석유 산유국 중 하나로 작은 국토 크기에 비해 상당한 자원 부국이었다.

하지만 그렇다고 자원만 믿고 흥청망청 소비만 하는 나라는 아니었다.

언젠가는 석유 자원도 바닥을 보일 것이 분명하기에 UAE는 차세대 경제 부흥 정책을 진행하는데, 그것은 바로 굴뚝 없는 산업이라 하는 관광산업이었다.

두바이 앞바다에 인공 섬을 건설하고, 호텔과 위락시설들을 만들어 관광객을 끌어들였다.

뿐만 아니라 사막이 대부분인 국토에 BIO산업을 육성해 식량과 채소들의 자급률을 높였다.

그럼에도 UAE는 부족한 것이 너무도 많았다.

때문에 토후국의 왕자들은 각 분야에서 각고의 노력을 하고 있었다.

이 중 아부다비의 왕자 세이크 만세르 왕자는 UAE의 국방장관을 맡아 UAE의 방위를 책임졌다.

　　　　*　　　　*　　　　*

"이게 정말 가능하단 말인가?"

아부다비의 국왕이자 UAE의 대통령인 할리파 빈 자예드 알나얀은 만세르 왕자가 가지고 온 노트북 화면을 보며 물었다.

"SH 그룹의 능력은 이미 경험해 보셨다시피 무척이나 뛰어납니다."

만세르 왕자는 자예드 대통령의 질문에 SH 그룹에 대한 자신의 믿음을 이야기하였다.

그도 그럴 것이, 4.5세대 전투기를 인도받는 자리에서 한 약속을 훌륭히 지키지 않았는가.

세계 최강이라는 미국도 5세대 스텔스 전투기를 개발하기 위해 10년이 넘게 걸렸다.

그런데 SH 그룹의 계열사인 SH항공에서 불과 한 달만에 스텔스 전투기를 만들어 보였다.

그것도 모양만 흉내 낸 것이 아닌, 레이더를 이용해 측정한 RCS(레이더 반사 면적)는 무려 0.003㎡로 최초의 스텔스 전투기인 F—117과 같으며, 이는 F—35보다 더 RCS값이 낮았다.

이런 기술력을 가진 SH항공을 계열사로 보유하고 있으며, 각종 첨단 무기를 개발하는 방위산업체를 가지고 있는 SH 그룹이기에 만세르 왕자는 수호가 보여 준 영상을 신뢰하였다.

"하지만 이건 미국도 실패하지 않았나."

자예드 대통령은 영상을 보곤 어떤 무기에 의하여 날아가던 로켓이 공중에서 폭발한 것인지 알 수 있었다.

레이저 무기.

하지만 그만큼 사실이라 믿기 힘들기에 만세르 왕자에게 재차 질문을 던졌다.

레이저 무기는 이미 1980년대부터 군사 전문가들 사이에서 논의되던 무기 체계였다.

실제로 미국은 오래전부터 소련의 탄도미사일을 막기 위한 미사일 방어(MD)체계로 고출력 에너지 무기, 즉, 레이저 무기 연구를 해 왔다.

강력한 엔진을 가진 차량에 탑재하여, 대형 항공기를 개조해 공중에서, 또 바다 위에 떠 있는 군함 위에서 미사일을 요격하는 실험을 하기도 했다.

하지만 실험에 성공했음에도 불구하고 미국은 이를 본격적으로 양산하지 않았다.

이론상 가장 확실하면서 또 예산이 적게 들어가는 MD 체계이기는 해도 그것은 모두 이론상의 수치일 뿐이었다.

실질적으로 고출력 에너지 무기는 여러 제약 조건 때

문에 실용화에 실패하고 말았다.

날씨가 흐리고 습도가 높거나, 혹은 안개가 끼거나 비가 오는 등 대기 중 습도가 높아질수록 레이저의 명중률이 떨어졌다.

뿐만 아니라, 이론상 한 발당 1달러 미만의 전기료만으로도 운용이 가능할 줄 알았지만, 막상 실험을 해 보니 그러지 못했다.

날아오는 로켓이나 미사일을 요격하기 위해선 높은 출력의 레이저를 발사해야만 하는데, 이때 들어가는 비용이 예상을 크게 웃돌았다.

문제는 그것뿐만이 아니었다.

운용 유지 비용도 부담이지만, 가장 문제가 되는 사항은 대기 중 레이저의 사거리가 너무도 짧다는 점이었다.

날아오는 미사일을 요격하기 위해선 가까운 거리까지 접근을 해야만 했다.

이러한 이유 때문에 미국은 아쉽지만 레이저 무기를 포기했다.

그런데 동북아시아의 작은 나라에서 해당 무기 체계를 완성한 것이다.

자예드 대통령으로서는 의심이 생기는 것이 당연한 수순이었다.

"도저히 믿기 힘드시다면. 차라리 그것을 설계한 당사자를 불러 물어보는 것은 어떻겠습니까?"

자꾸만 되묻는 자예드 대통령을 보다 못한 만세르 왕자는 차라리 수호를 직접 불러 자세한 이야기를 듣는 편이 더 좋을 거라 판단했다.

"오, 그러면 되겠군."

이에 자예드 대통령은 밝게 웃으며 고개를 끄덕였다.

＊　　　　＊　　　　＊

아부다비에 도착하고 호텔에서 쉬고 있던 수호는 만세르 왕자의 호출에 그가 보내 준 의전 차량을 타고 아부다비 왕궁으로 왔다.

그러곤 왕실 직원의 안내를 받아 어느 방 안으로 들어갔다.

그곳에는 만세르 왕자뿐만이 아닌 UAE의 대통령이자 아부다비 왕국의 국왕인 할리파 빈 자예드 알나얀도 함께 자리하고 있었다.

"처음 뵙겠습니다. 대한민국에서 온 정수호라고 합니다. 국왕 폐하."

수호는 이미 슬레인을 통해 UAE에 대한 상황과 주요 인물들에 대한 파악을 모두 끝낸 상태이기에 방 안에 있던 사람이 누구인지 깨닫자 바로 인사를 건넸다.

"호, 날 알고 있나?"

외부 활동을 잘하지 않는 자신을 알아본 수호의 인사에 자예드 대통령은 약간 놀란 듯했다.

"방문하는 나라의 지도자를 모른다면 그것만큼 실례되는 일이 있겠습니까?"

수호는 진중하게 대답하였다.

"좋은 태도군. 좋아."

아주 기본적인 일이어도 이를 지키는 사람은 많지 않았다.

아니, 알고 있다고 해도 한 나라의 지도자 앞에서 이렇게 침착한 태도를 보이는 이는 손에 꼽을 정도였다.

그러하기에 자예드 대통령은 수호의 첫인상이 꽤 마음에 들었다.

만세르 왕자가 그렇게 칭찬할 때는 그냥 한 귀로 듣고 한 귀로 흘려보냈다.

하지만 직접 자신의 눈으로 확인하니 만세르 왕자의 행동이 이해되기 시작했다.

"앉지."

자예드 대통령은 수호에게 온화한 목소리로 자리를 권했다.

"감사합니다."

수호는 간단하게 감사 인사를 하고 만세르 왕자의 맞은편에 앉았다.

자리에 앉는 수호를 본 자예드 대통령은 앞에 놓인 노트북을 가리키며 질문을 던졌다.

"여기 화면에 보이는 영상이 사실인가?"

어찌 보면 무례한 얘기일 수도 있지만, 자예드 대통령은 노트북 속 영상이 잘 만들어진 SF 영화의 CG같다는 생각이 떠나지 않았다.

"예, 사실입니다. 지금 보시는 동영상은 6개월 전 대한민국 육군 사격장에서 실시한 시험 영상입니다."

수호는 사실과 한 치의 오차도 없이 그대로 이야기하였다.

"대한민국은 북한이 보유한 장사정포와 방사포의 위협으로부터 수도 서울을 방어하기 위해 여러 가지 방안을 마련하는 중입니다."

수호는 대한민국이 처한 안보 상황에 대해 하나부터 열까지 하나하나 설명하기 시작했다.

세계 최고의 미사일 방어 체계라 불리는 이스라엘의 아이언 돔 시스템을 검토해 보던 것.

그것이 저렴한 까삼 로켓 같은 저성능의 로켓이나 미사일을 방어하는 데는 유용해도 북한이 보유한 장사정포와 방사포를 막기에는 부족하다는 것 역시 말이다.

특히나 팔레스타인의 테러 조직인 하마스와는 다르게 북한은 한 번에 수천, 수만 발의 포탄과 로켓을 발사할 수 있는 역량을 가졌다.

이를 아이언 돔 막아 내기에는 성능이나 비용을 감당할 수 없었다.

"아!"

사실 UAE도 한국과 비슷한 고민을 했다.

이슬람교 중 시아파의 종주로서 UAE와는 적대적인 이란의 위협으로부터 나라를 지키기 위해선 일반적인 재래식 무기로는 막아 낼 수가 없었다.

그러하기에 이스라엘의 아이언 돔 시스템을 고려한 적도 있었다.

하지만 그 일은 성사되지 않았다.

이스라엘은 이슬람 국가에 절대로 무기를 판매하지 않는다는 원칙이 존재했기 때문이다.

이에 UAE는 어쩔 수 없이 다른 방향으로 시선을 돌려 5세대 스텔스 전투기를 도입하려 했다.

이도 이스라엘의 압력에 굴복한 미국이 UAE에는 스텔스 전투기를 판매하지 않겠다고 선언하며 불발로 그쳤다.

그러다 SH항공에서, 아니, 수호가 스텔스 전투기를 제작하여 UAE에 판매를 함으로 그렇게 바라 마지않던

5세대 스텔스 전투기를 가지게 되었다.

스텔스 전투기를 보유하게 된 UAE는 이란의 위협으로부터 어느 정도 안전을 보장받게 되었다.

그렇지만 안전이 전적으로 보장이 되는 것은 아니었다.

이란은 탄도미사일과 순항 미사일을 가지고 있는 나라였다.

때문에 미국으로부터 페트리어트 미사일(PAC—3)을 도입했다.

하지만 해당 방어 무기는 너무도 비쌌다.

아무리 UAE가 부국이라 해도 국토의 모든 지역을 페트리어트로 막아 내기에는 그 비용이 감당되지 않았다.

그래서 어쩔 수 없이 상호확증파괴 전략을 내세우며 스텔스 전투기나 최신예 전투기 등을 구매해 무장하고 있는 중이다.

그런데 이스라엘의 아이언 돔 시스템 말고도 또 다른 MD 체계가 개발되었다.

그것도 무려 미국이 포기한 레이저 무기를 탑재한 MD가 말이다.

당사자에게서 설명을 듣자 자예드 대통령은 두 눈이 개안되는 것 같았다.

"그렇지만 초기 비용이 많이 들어간다는 문제점이 있

울트라 코리아

습니다."

"초기 비용이 많이 들어간다? 비싸다는 말인가?"

"저희가 개발한 국지 방어 체계는 일반적인 레이더 추적이 아닌, 인공지능 슈퍼컴퓨터가 미사일이나 로켓을 추적하기에 그 가격이 비쌉니다."

수호는 진중히 자신이 개발한 체계의 약점부터 이야기하기 시작했다.

"하지만 인구가 적은 UAE가 만약 저희가 개발한 미사일 요격 체계를 채택한다면, 적의 어떤 로켓이나 탄도미사일 공격이라도 안심하실 수 있을 것입니다."

인공지능 컴퓨터가 알아서 미사일과 로켓을 추적하고 경보까지 해 주니, 인간은 그것을 막기 위해 발사 버튼만 누르면 되었다.

UAE입장에서는 이보다 좋을 수가 없는 무기 체계였다.

겨우 천만이 넘는 인구를 가지고 있는 UAE는 군인의 수 또한 적을 수밖에 없었다.

외부의 위협은 강력하기에 정예화할 수밖에 없는데, UAE 군대의 질이 그리 좋지 못하다는 점이 발목을 잡았다.

인구가 적으니 그만큼 군인의 수도 적어서 어쩔 수 없이 용병을 고용하고 있는데, 그러다 보니 군대의 질이 낮아지는 악순환이 반복되는 중이었다.

또한 UAE 이슬람 종파인 수니파의 한 축이기에 한창 내전을 치르는 예멘에 지원을 하고 있다.

그런데 UAE가 예멘 정부군을 지원하는 것처럼, 이란도 예멘 반군인 후티에 지원을 했다.

이로 인해 UAE는 테러 조직인 후티에 의해 많은 피해를 입기도 했다.

그들은 자폭 드론 공격을 주로 사용하는데, 별거 아닌 것 같은 이 작은 드론으로 인해 생각보다 많은 인명 피해를 입었다.

UAE가 보유한 방어 체계로는 이 자폭 드론을 포착하는 것도 쉽지 않고, 설사 포착했다 한들 이를 막을 수단이 적절치 않았다.

때문에 수호가 이야기한 초기 비용이 많이 든다는 약점은 위의 두 문제를 해결할 수 있다는 시점에서 그리 큰 단점으로 보이지 않았다.

"초기 비용이 비싸다 했는데, 한 기의 가격이 얼마인가?"

한창 설명을 들은 자예드 대통령은 국지 방어기의 가격이 궁금해졌다.

비싸다, 비싸다 하는데 정작 가격을 들은 적이 없었기 때문이다.

그리고 그건 조용히 이야기를 듣고 있던 만세르 왕자 역시 마찬가지였다.

"국지 방어 체계, 아니, 스카이 넷 시스템 한 기의 가격은 20억 달러입니다."

"아니!"

"헉!"

생각보다 너무도 비싼 가격에 자예드 대통령은 물론이고, 만세르 왕자 역시 깜짝 놀랐다.

하지만 다음 설명을 듣고 나자 어느 정도 놀란 가슴을 쓸어내릴 수 있었다.

"스카이넷 시스템은 로켓이나 순항 미사일 뿐만 아니라, 대기권을 넘어서 들어오는 탄도미사일까지 방어할 수 있습니다."

두 사람은 바뀐 이름을 듣고는 두 눈에 의문이 가득한 채로 수호를 쳐다보았다.

그러자 수호는 국지 방어 체계와 스카이 넷 시스템의 차이점을 설명하였다.

자예드 대통령과 만세르 왕자는 감탄 섞인 눈빛으로 수호를 쳐다보았다.

스카이 넷 시스템은 이름처럼 완벽한 미사일 방어 체계였기 때문이다.

마하 20을 넘어가는 탄도미사일을 요격한다는 것은

현존하는 미사일 방어 체계로서는 불가능에 가까운 일이었다.

그저 요행수를 바라며 고고도 요격미사일을 갖추는 것뿐인데, 스카이 넷 시스템은 레이저를 이용하기에 대기의 영향을 받지 않는 성층권에서 엄청난 요격 정확도를 선보였다.

이런 설명을 듣다보니 자예드 대통령이나 만세르 왕자는 수호의 이야기에 쏙 빠져 버렸다.

＊　　　＊　　　＊

20억 달러.

한화로 2조 2,000만 원이나 되는 천문학적인 금액이 아닐 수 없었다.

그렇지만 다르게 생각한다면, 꼭 비싸다고만 할 순 없는 금액이었다.

국지 방어 체계와 탄도미사일 방어 체계를 합친 스카이넷 시스템 같은 경우, 그 성능이 완벽하다면 20억 달러란 돈이 아깝지 않았다.

특히나 이란은 핵무기까지 보유한 핵보유국이 아닌가.

이를 생각하면 자예드 대통령은 고민이 되지 않을 수

없었다.

"비용이 많이 들어간다고 판단되시면 이렇게 하는 것은 어떻겠습니까?"

수호는 가격 때문에 망설이는 듯한 모습을 보이는 자예드 대통령을 보면 중재안을 꺼냈다.

"국지 방어 체계 세 기에다가 탄도미사일 방어 체계 한 기를 구매하시는 겁니다."

즉, 스카이넷 한 개 시스템과 국지 방어 체계 두 기를 묶어 내놓은 것이다.

"그것의 차이가 있나?"

"완벽한 MD 체계를 만들기 위해선 국지 방어기와 탄도미사일 방어 체계를 통합한 스카이넷 시스템이 전부 배치되는 것이 좋습니다. 하지만 그럴 경우, 조금 전에도 이야기를 드린 것처럼 초기 비용이 크게 들어갑니다."

자예드 대통령의 질문에 수호는 자신이 그런 제안을 한 취지에 대해 설명하기 시작했다.

"UAE처럼 방어해야 할 지역이 좁고, 또 인구 밀집 지역이 집중되어 있다면, 굳이 탄도미사일 방어 체계가 많이 필요하지는 않습니다."

수호는 설명을 하면서 살짝살짝 상대의 눈치를 살피는 것을 잊지 않고 정중하게 이야기를 계속하였다.

"탄도미사일 방어 체계 한 기로 열 기의 탄도미사일을 동시에 타격 가능하니, UAE에는 한 기만 있어도 충분할 것입니다."

사실 탄도미사일 방어 체계는 유사시를 대비한 방어 체계다.

핵무기 공격을 하기 위해선 사전 거쳐야 할 절차가 복잡하고, 또 시간이 걸렸다.

그러다 보니 핵무기 공격이 임박하게 된다면 UAE도 사전에 이에 대한 정보를 획득하고 대비할 시간이 생길 것이다.

UAE가 미국의 우선순위에서 밀린다고는 하지만, 어찌 되었든 우방국인 것은 맞았다.

또한 석유를 수출하며 미국의 경제와 밀접한 관련이 있다 보니 이런 정보를 주는 데 거리낌이 없을 것이다.

때문에 수호의 스카이넷 시스템이 있다면, 핵무기로부터의 위협은 급격히 줄어들 것이 자명했다.

"흠, 그렇게 볼 수도 있겠군."

자예드 대통령은 수호의 설명을 모두 듣고 고개를 끄덕였다.

하지만 쉽게 승낙할 순 없었다.

UAE는 일곱 토후국의 연합으로 이루어진 나라였다.

그러다 보니 또 다른 문제 앞을 가로막았다.

"가격이 괜찮아 졌다 한들 어디에 세 기의 국지 방어기가 배치되느냐에 따라 문제가 심각해 질 수도 있을 것 같습니다."

조용히 설명을 듣던 만세르 왕자가 자예드 대통령이 고민하던 부분을 지적했다.

자예드 대통령은 아부다비의 국왕이다.

그러니 한 기는 분명 아부다비에 배치가 될 것이다.

하지만 만세르 왕자는 아부다비가 아닌, 두바이 왕국의 왕자였다.

그러하기에 그의 마음 한편에는 두바이에도 한 기가 배치되기를 바라는 마음이 있었다.

"제 생각에는 일단 UAE의 정치적 중심지라 할 수 있는 아부다비 왕국에 한 기를 배치하고, 경제적 중심지라 할 수 있는 두바이에 한 기를, 그리고 이란과 가장 가까운 곳에 있는 라스알카이마에 설치를 하는게 좋을 것 같습니다. 어떻게 생각하십니까?"

수호는 사전에 미리 준비한 것처럼 국지 방어기 포대에 대한 배치도를 제시하였다.

이를 듣고 있던 자예드 대통령이나 만세르 왕자는 만족스런 미소를 지었다.

그도 그럴 것이, 위치가 매우 합리적이라 생각되고, 무엇보다 자신들의 왕국에 한 개의 포대가 배치되기 때문이었다.

탄도미사일 방어 체계인 스카이넷 시스템이야 하늘 높이 성층권에 떠 있을 것이니 어느 곳에 있건 상관이 없지만, 포대만큼은 아니었다.

하지만 여기서 이들이 놓치고 있는 것이 있었다.

그것은 국지 방어기가 지상에만 배치가 되는 것이 아닌, 지상 포대와 공중의 비행선까지 한 세트라는 것이다.

"그럼 SH에서 제안한 것을 우리가 받아들인다면, 총비용이 어떻게 되나?"

자예드 대통령은 수호가 제안한 방안이 가장 합리적이라 판단했다.

"예비 물자까지 포함한다면 총 53억 달러 정도가 되겠군요."

53억 달러면 스카이넷 시스템 세 기와 크게 차이가 나지 않는 금액이지만, 그건 당연한 것이었다.

그 어떤 군용물자도 제품의 가격만을 가지고 계약하지 않는다.

운용에 필요한 예비 물자를 무시할 수는 없었다.

20억 달러란 말을 처음 들을 때만 해도 가격이 너무 비싼단 생각이 들었다.

하지만 수호의 설명을 들은 자예드 대통령과 만세르

왕자는 53억 달러란 이야기에도 비싸단 생각을 하지 않았다.

그도 그럴 것이, 이란의 공격으로부터 받는 피해의 복구 비용을 생각한다면 장기적으로 볼 때 이득이었다.

더욱이 국민의 목숨을 지켜 줄 든든한 방패를 사는데 드는 비용이 아닌가.

아무리 비싸더라도 가장 성능이 좋은 것을 사야 하는 것이 당연한 수순이었다.

"조만간 그것의 실물을 가지고 하는 시연을 직접 눈으로 보실 수 있을 것입니다."

수호는 생각에 잠겨 있는 자예드 대통령을 보며 나지막하게 이야기하였다.

"그건 또 무슨 말인가?"

수호가 귀가 솔깃해질 만한 이야기를 하자 자예드 대통령은 깜짝 놀라며 되물었다.

사실 실물이 없는 동영상만 보고 이런 결정을 하는 것은 결코 쉽지 않은 결정이었다.

자신이 비록 UAE의 대통령이기는 하지만, 어디까지나 합의 하에 선출된 것일 뿐이다.

즉, 다른 나라들의 대통령과 비교한다면 그 권한 자체가 그리 크지 않은 명예직일 뿐이었다.

때문에 이번 안건을 가지고 다른 토후국 국왕들을 설

득하는 것은 다른 문제였다.

옆자리에 두바이의 만세르 왕자가 함께하기는 하지만, 그래도 다섯 나라가 남아 있었다.

영상만으로 어떻게 설득해야 하는지 고민하던 찰나에 직접 시연을 한다는 수호의 말은 가뭄의 단비와도 같았다.

"그럼 언제쯤이나 볼 수 있겠나?"

"국지 방어기는 조금 전 영상으로 보셨으니, 이번에는 탄도미사일 방어 체계인 스카이넷 시스템을 점검하는 차원에서 세 달 뒤에 시범을 보여 드리겠습니다."

대한민국 정부가 북한의 방사포와 장사정포의 위협을 막기 위해 수호의 제안대로 스카이넷 시스템을 도입하기로 결정한 지도 벌써 반년이 지났다.

그동안 SH 그룹에선 사활을 걸고 스카이넷 시스템의 완성을 위해, 노력을 기울이고 있었다.

그 결실은 앞으로 세 달 뒤에 완성될 예정이었다.

아무튼 수호가 UAE의 대통령 앞에서 실물 시연을 언급한 것은 이들에게 국지 방어기와 스카이넷 시스템을 판매하기 위한 목적도 있지만, 다른 의미도 가지고 있었기 때문이다.

그것은 바로 좁은 한반도에서는 탄도미사일 방어 체계인 스카이넷 시스템을 시험하기가 힘들다는 것이다.

한반도를 둘러싼 중국과 러시아 그리고 일본으로 인해 대한민국은 탄도미사일을 발사하는 것도 쉬운 일이 아니었다.

북한처럼 다른 나라 눈치를 보지 않고 막무가내로 무기를 실험했다가는 바로 국제적으로 고립이 될 것이 분명했다.

그러니 이런 국제적 제재를 피하기 위해, 실험할 만한 적당한 곳이 필요했다.

그곳이 바로 중동이었다.

사람이 살지 않는 넓고 황량한 사막 지역이 많아 미사일 발사 시험을 하기 적당하며, 요격 실험을 하기에도 적합했다.

그래서 완성된 비행체의 운항 시험 겸, UAE까지 이동하면서 점검하고, 관계자들도 개발 카탈로그로만 접한 탄도미사일 요격 시험을 가질 예정이다.

그렇게 수호는 아부다비의 왕궁에서 자예드 UAE 대통령과 면담을 하고 나왔다.

그런데 이 소식은 수호도 알지 못하는 사이 UAE의 이웃인 사우디아라비아 왕실에도 알려졌다.

그로 인해 사우디아라비아에서도 국지 방어기와 스카이넷 시스템을 사겠다는 문의가 들어왔다.

사우디아라비아는 UAE와 비교가 되지 않을 정도로

거대한 국가였다.

그 때문에 지켜야 할 지역도 매우 넓었다.

그러다 보니 사우디아라비아가 구매하려는 국지 방어
기와 스카이넷 시스템의 수량이 UAE보다 많은 것은 당
연했다.

사실 이것도 한국을 출발하기 전 수호가 계획한 일
중 하나였다.

UAE와 이슬람 수니파 수장의 자리를 놓고 경쟁을 하
고 있는 사우디아라비아다.

비록 두 국가가 적대적인 것은 아니지만, 이슬람 사
회에서는 두 나라의 경쟁을 잘 알고 있었다.

그렇기에 자신과 인연이 있는 UAE에 방문한다면 분
명 사우디아라비아의 귀에도 이 사실이 알려지게 될 것
이고, 또 무엇 때문에 자신이 UAE를 찾았는지도 퍼질
거라 생각했다.

그리고 그 의도는 정확하게 맞아 들었다.

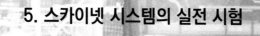

5. 스카이넷 시스템의 실전 시험

드넓은 사막.

모래뿐인 이곳에 일단의 사람들이 몰려들더니 불어오는 모래바람을 막기 위해 커다란 천막을 치며 자리를 잡았다.

"언제 도착하는 거지?"

천막 안의 그늘 속에 있던 풍채 좋은 남자가 질문을 던졌다.

그러자 그의 뒤에 서 있던 비슷한 복장을 한 남성이 다가와 대답하였다.

"20분 뒤에 도착한다고 합니다."

대답을 들은 남자는 주변을 향해 다시 한번 물었다.

"준비는 완벽하겠지?"

"예, 폐하! 명령하신 드론과 미사일은 모두 준비되었습니다."

대화를 나누고 있는 사내들의 정체는 바로 사우디아라비아의 국왕인 모하메드 빈 살만과 그의 측근인 알와드 왈 압둘라였다.

왕족은 아니지만 국왕인 모하메드가 어릴 때부터 곁에 두던 존재로, 모하메드 빈 살만 국왕의 비선이었다.

"미사일은 쉽지 않았을 텐데?"

"그렇긴 하지만, 돈만 준다면 더한 것도 구할 수 있습니다."

알와드는 사실 미국 CIA에서도 요주의 인물로 예의 주시하는 인물이었다.

이는 사우디아라비아의 국왕 모하메드 빈 살만의 측근이란 이유도 있지만, 그가 한때 이슬람 테러 조직 중하나이며 미국에 치명적인 피해를 준 알카에다에 자금과 무기를 공급한다고 의심하고 있기 때문이었다.

실제로 2001년 9.11 테러가 벌어지고 조사를 하는 과정에서 배후로 이슬람 과격 단체인 알카에다가 지목되고, 사우디아라비아 왕실에서 운용 자금 중 일부가 흘러 들어간 정황이 포착되었다.

물론 당시 사우디아라비아 정부에서는 그런 일은 일절 없다며 반박하였지만, CIA에서 조사한 정보에 의하면 정황이 매우 확실했다.

하지만 CIA라도 사우디아라비아 왕실을 함부로 할 수는 없기에 어쩔 수 없이 해당 이슈는 수면 아래로 사라졌다.

다만, CIA에서는 확실한 정보를 파악하기 위해 계속해서 조사를 이어 갔고, 사우디아라비아의 왕실 인사들이 알카에다에 운용 자금을 지원한 증거를 포착했다.

그리고 그 흐름이 당시 왕세자이던 모하메드 빈 살만에게로 이어져 있음을 확인했다.

하지만 모하메드 빈 살만 왕세자가 최종 종착지인 건지, 아니면 그 주변 인물이 몰래 실행한 것인지는 알 수 없었다.

하지만 그것도 세월이 흐르고 어느 정도 정보가 쌓이게 되면서 몇몇 인물로 특정 지을 수 있었다.

왕자와 그의 측근 몇 명이 행한 일이라는 증거가 나온 것이다.

물론 알카에다를 테러 조직이라 규정한 것은 어디까지나 미국과 뜻을 같이하는 국가들이었다.

사우디아라비아 같이 이슬람을 믿고 있는 국가, 특히 수니파에 속한 나라는 그들은 그저 알라를 신봉하는 전사일 뿐이라고 생각했다.

그렇기에 외세에 맞서 수니파를 지키는 단체에 후원하는 건 어찌 보면 그들에겐 당연한 일이었다.

아무튼 그렇게 CIA의 주목을 받는 알와드는 이번에도 비밀리에 이라크에서 구입한 탄도미사일을 가져다 두었다.

그것은 오늘 있을 시연에 필요한 것이기도 했다.

극동아시아에 위치한 대한민국의 한 방산 기업에서 만든 MD 체계의 시연회가 열리기 때문이었다.

원래는 UAE에서 있을 예정이었지만, 소식을 접한 사우디아라비아의 국왕 모하메드 빈 살만이 UAE 대통령이자 아부다비의 국왕인 자예드에게 부탁하여 사우디아라비아와 UAE의 중간 지점인 이 사막에서 시연하는 것으로 변경되었다.

사실 준비가 완벽하다고 해도 첫 시험이기에 실패 시 탄도미사일로 인한 피해가 우려된 자예드 대통령이 사우디아라비아 국왕 모하메드 빈 사라만의 요청을 받아들인 것에 가까웠다.

이에 SH 그룹의 회장인 수호도 제안을 받아들였다.

성공만 한다면 사우디아라비아에서도 한 기에 20억 달러나 하는 스카이넷 시스템을 여섯 기나 도입하겠다고 했기 때문이다.

더욱이 스카이넷 시스템뿐만 아니라 고고도 탄도미사일 방어 체계를 뺀 국지 방어기도 여섯 포대를 더 사겠다고 하였다.

이는 UAE에 제안한 규모의 4.2배나 되는 것이었다.

＊　　　＊　　　＊

스카이넷 시스템의 핵심이라 할 수 있는 HAPS(고고도 플랫폼 시스템) 내부 비행 조종실에는 많은 사람이 타고 있었다.

HAPS는 선충권에 접하여 떠 있는 관계로 완벽히 무인화한 뒤 운행할 계획이었다.

하지만 HAPS에 탑재하는 장비의 운용 및 보수를 신속하게 하기 위해선 100% 무인으로 하기 보단 최소 인원을 상주시켜 관리를 하는 것이 더 좋았다.

수호는 이 의견을 받아들여 운용은 인공지능 컴퓨터에 맡기고, 컴퓨터 및 무기들의 유지를 위해 기술자와 군인이 내부에 상주하는 방향으로 수정했다.

이 때문에 HAPS의 크기와 내부 설계는 약간의 변화가 불가피하게 이루어졌다.

그도 그럴 것이, 인간이 상주하게 되면 당연 먹을 음식과 생활하는 공간이 필요하기에 그러한 것들을 갖출 장소가 필요했기 때문이다.

그렇게 상주할 인원들이 일정 기간 먹을 식량을 실을 화물칸이 생기고, 생활 구역과 혹시 모를 사고를 대비해 수동으로 조종할 수 있는 비행 조종실이 만들어졌다.

그리고 지금 그곳엔 많은 사람이 탑승하고 있었다.

"국지 방어기는 잘 따라오고 있습니까?"

수호는 자신의 옆자리에 앉은 SH항공의 연구소장인 최성준을 보며 물었다.

수호가 SH항공의 사장으로 있을 때만 해도 그는 수석 엔지니어였지만, 지금은 그로부터 몇 년이나 흘렀다.

또한 KFA—01의 성공적인 개발로 인해 능력을 인정받아 연구소 소장으로 임명이 된 것이다.

"예. 고도 11㎞에 떠서 잘 따라오고 있습니다."

수호는 고개를 가볍게 끄덕이고는 다른 질문을 던졌다.

"대화 디펜스에서는 잘 협조하고 있습니까?"

수호는 이번 스카이넷 시스템의 시연에 SH 그룹의 사활을 걸었다.

이를 위해 스카이넷 시스템에 부수적인 요소라 할 수 있는 데이터 링크 시스템까지 UAE와 사우디아라비아의 관계자들에게 선보일 예정이었다.

때문에 대화 디펜스의 K—9A3까지 준비시켰다.

원래는 대한민국 육군이 채택한 230㎜ 차륜형 자주포를 가져오려고 했다.

하지만 230㎜ 차륜형 자주포는 대한민국 육군에서도 몇 대 없는 상태이며, 전략무기로 선정되어 외부 반출이 금지된 품목이었다.

그래서 어쩔 수 없이 기존 주력 자주포인 K—9A3을 가져올 수밖에 없었다.

레이저 무기를 사용하는 지상 차량과 AHEPS(대기권 고 에너지 플래폼 시스템), 데이터 링크 시스템으로 연결된 자주포와 비호복합—3.

이 모든 것을 합친 체계가 국지 방어기 포대이기 때문이었다.

여기에 수호가 타고 있는 HAPS까지 결합하면 완벽한 스카이넷 시스템이 완성된다.

"무척이나 협조적으로 나오고 있습니다. 그들 역시 이번 기회가 엄청난 것임을 알고 있으니까요."

"그래, 역시 대화라 그런지 말이 잘 통하는군."

수호는 만족스러운 미소를 지으며 고개를 끄덕였다.

지금까지 만난 사람들 중에는 호의가 계속되면 이를 권리로 받아들이는 이들이 종종 있었다.

그들은 수호에게 맡겨 놓은 것마냥 도움을 요구하곤 했다.

그런데 대화 디펜스는 그러지 않고, 수호의 조력을 발판으로 능력을 키워 대등한 거래를 할 수 있는 자리에 오고자 노력했다.

때문에 이번에도 수호의 요청이 있자, 기술자를 파견한 것이었다.

"K—9A3에는 데이터 링크 프로그램을 정확하게 깔았겠지?"

"그렇지 않겠습니까? 이미 한 번 해 본 작업인데……."

최성준은 수호가 한 질문에 가볍게 대답하였다.

이번 위력 시범에 파견되는 K—9A3도 대화 디펜스에서 나온 엔지니어가 데이터 링크 작업을 하는 중이었다.

그는 해당 작업이 끝나면 사우디아라비아에서 제공하는 K—9에도 업그레이드 작업을 할 공산이 컸다.

그래야 사우디아라비아건, UAE건 더욱 자신이 만든 스카이넷 시스템에 관심을 보이지 않겠는가.

그리고 이는 사우디아라비아와 UAE만 겨냥한 것은 아니었다.

최종적으로 수호는 미국을 생각하고 있었다.

누가 뭐라 해도 세계에서 가장 많은 무기를 구매하는 나라는 다른 미국이었다.

그들은 자국의 안보를 위해서라면 비용을 제쳐 두고라도 구매하려고 할 것이다.

미국과의 계약을 위해선 이번 시연이 무척이나 중요했다.

*　　　*　　　*

예맨 동부 마라 주의 수도 알기이다의 한 주택에 낡은 군복을 입은 사내들이 모였다.

이들의 얼굴은 무슨 결의라도 한 듯 잔뜩 굳어 있었다.

"자히드, 물건은 들어왔나?"

"이란의 형제로부터 요청한 장비들과 운용 자금이 들어왔습니다."

이들의 정체는 이란 정권의 후원을 받고 예맨에서 활동을 하는 후티 반군들이었다.

처음 이들이 모인 이유는 수니파 정부가 시아파인 자신들을 차별하는 것을 막기 위해서였다.

하지만 그들의 의미가 변질되고, 점점 폭력적으로 변하면서 이제는 돌이킬 수 없는 지경에 이르렀다.

거기에 사우디아라비아와 UAE 등 수니파 국가들이 예맨 정부에 군사적 지원을 하면서 시아파인 이들도 시아파의 종주인 이란의 지원을 받고 내전에 들어갔다.

그러면서 종종 사우디아라비아와 UAE에 무인 자폭 드론이나 로켓을 발사해 피해를 주고 있었다.

오늘도 사우디아라비아에 무인 자폭 드론과 미사일을 발사하여 유전 지대를 박살 낼 계획을 가지고 모인 것이었다.

"그런데 굳이 미사일을 사우디아라비아에 쏠 이유가 있습니까?"

자히드는 어렵게 들여온 미사일을 사용하는 것이 사뭇 아까웠다.

그냥 전처럼 자폭 드론과 로켓만으로도 충분할 것 같았기 때문이다.

그리고 미사일은 후일 정부군을 상대할 때 사용하는 것이 더욱 효과적일 것 같았다.

"로켓은 정확도가 너무 떨어진다. 전에도 드론은 사우디아라비아의 방어 시설을 뚫고 어느 정도 효과를 보았지만, 로켓은 목표에 도달하지 못하고 떨어지는 바람에 그냥 낭비되지 않았나."

알기이다에 있는 후티 반군의 지도자인 압둘라는 표정을 굳히며 이야기하였다.

울트라 코리아

그런 그의 말에 자히드는 입을 다물었다.

유도장치가 없는 로켓의 경우, 발사할 때 조금만 각도가 틀어져도 어느 방향으로 날아갈지 알 수가 없었다.

그러다 보니 로켓 공격보단 드론 공격이 훨씬 성공적인 성과를 내었다.

하지만 유도장치나 드론의 재료들은 미국이나 다른 나라의 감시를 피해 밀수하는 것이기 때문에 언제나 수량이 부족했다.

그 때문에 큰 기대를 하지 않고 로켓을 자폭 드론과 함께 발사하곤 했다.

로켓이 목표에 맞으면 좋고, 그렇지 않더라도 드론의 존재를 숨길 수 있었기 때문이다.

그런데 이번에는 로켓이 아닌 미사일을 이란으로부터 받았다.

로켓보다 강력하고 자폭 드론보다 정확한 무기가 자신들의 손에 들어온 것이다.

압둘라는 이번 기회에 정부군을 지원하고 있는 사우디아라비아에 보다 강력한 공격을 하여 큰 피해를 줄 생각이었다.

바로 석유 정제 시설을 파괴할 계획인 것이다.

그렇게 된다면 정부군을 후원하는 것도 쉽게 생각하

지 못할 것이라 판단되기에 훨씬 더 큰 반향을 가져 올 것이라 예상하였다.

"정부군은 이제 우리의 상대가 되지 않는다. 그럼에도 우리와 싸울 수 있는 것은 사우디아라비아에서 막대한 지원을 하고 있기 때문이다."

압둘라는 자신의 주변에 있는 간부들을 돌아보며 이야기했다.

그런 그의 주위로 두 눈을 반짝이며 자신의 이야기에 귀를 기울이고 있는 동지들이 보였다.

"그러니 내전을 종식시키기 위해선 정부군을 지원하는 사우디아라비아를 막아야만 한다."

압둘라의 판단에 다른 반군들도 동조하였다.

이들도 그동안 이란에서 들여온 무기들을 가지고 종종 사우디아라비아의 정유 시설에 피해를 준 적이 있었다.

실제로 몇 번은 효과를 보기도 했지만, 결과적으로 중동의 강국 중 하나인 사우디아라비아의 분노를 사는 결과를 낳았다.

하지만 국제사회의 눈 때문에 사우디아라비아는 예맨에 직접적인 무력을 선보이지는 못했다.

그도 그럴 것이, 사우디아라비아가 직접적으로 예맨 내전에 참가를 하게 된다면 시아파의 종주라 할 수 있는 이란도 예맨 내전에 뛰어들 명분을 주는 것이기 때문이다.

자칫하다가는 중동에 커다란 전쟁이 벌어질 수도 있는 일이기에 UN에서는 사우디아라비아가 예맨 내전에 참가하는 것을 불허하였다.

그러다 보니 사우디아라비아는 더욱 예맨 정부군에 지원을 하는 방향으로 움직일 수밖에 없었다.

그런데 정유 시설이나 공항 등 사우디아라비아의 중요 시설에 피해가 쌓이면서 이마저도 쉽지 않게 되었다.

후티 반군은 이러한 점을 노려 사우디아라비아가 자신들의 전쟁에 관여하지 못하게 만들었다.

그러고는 계속해서 사우디아라비아에 자신들의 의사를 전달하고 있었다.

예맨 정부에 지원한다면 더욱 피해를 입게 될 것이란 사실을 말이다.

*　　　*　　　*

청와대 대통령 집무실.

늦은 시간이임에도 불구하고, 퇴근도 하지 않은 일단의 사람들이 모여 있었다.

이들의 정체는 바로 대한민국 국가 안보를 책임지는 NSC 위원들이었다.

대통령의 소집으로 모인 NSC 위원들은 굳은 표정으로 집무실 한편에 마련된 커다란 스크린을 쳐다보고 있었다.

하지만 화면에는 아무것도 보이지 않고, 검은 배경만이 나오는 중이었다.

"지금 시간이 어떻게 됩니까?"

정동영 대통령은 자리에 앉은 채 옆에 서 있던 보좌관에게 물었다.

이에 안보수석이 대답을 하였다.

"오후 아홉 시 50분입니다. 위력 시험까지 10분 남았습니다."

이들이 여기 모여 있는 이유는 SH 그룹이 주도하는 스카이넷 시스템의 실전 위력 시험을 실시간으로 보기 위해서였다.

이는 대한민국 안보에 무척이나 중요한 일이기에 대통령을 비롯한 NSC 위원들은 이번 위력 시험에 귀추를 주목하고 있었다.

＊　　　＊　　　＊

PM 15:30분

UAE의 국경에서 100㎞ 정도 떨어진 사막.

그곳에 여러 개의 천막과 이동식 텐트가 세워져 있었다.

"놀라운 물건이군."

모하메드 빈 살만 사우디아라비아 국왕은 SH 그룹의 회장인 수호가 타고 온 비행선, HAPS를 보며 감탄하였다.

하얀 바탕의 상동 동체를 가지고 있는 HAPS의 모습은 왠지 모를 든든한 느낌을 주었다.

"저것이 바로 우주로부터 날아오는 탄도미사일을 요격하는 HAPS입니다."

광고판 역할을 하거나 기후 관측을 하는 비행선과 비슷한 모양을 하고 있지만, HAPS는 비교도 되지 않을 정도로 커다란 곤돌라를 가지고 있었다.

스스스스!

빈 살만 사우디아라비아 국왕을 비롯한 참관인들이 지켜보는 상태에서 수호와 SH 그룹 관계자들을 내려놓은 HAPS는 작은 모래바람을 일으키며 공중으로 떠올랐다.

그러고는 빠르게 상공으로 떠오르며 금세 형체를 감췄다.

성층권 가까이 올라가야 하다 보니 금방 시야에서 사라진 것이다.

비행선이라고는 믿기지 않을 정도로 빠른 상승 속도였다.

이를 지켜본 사람들은 놀라움을 감추지 못했다.

"비행선이라 하지 않았나?"

"네, 맞습니다."

"그런데 저런 속도라니⋯⋯."

빈 살만 국왕은 HAPS가 떠오르는 것을 보며 깜짝 놀랐다.

지금까지 그가 봐 오던 비행선은 느리고 바람의 영향을 많이 받아 운용하는데 무척이나 까다로운 물건이었다.

그 때문에 아주 가끔 이벤트가 있을 때만 잠깐 운용하는 것으로 알고 있었다.

그런데 앞에 있던 HAPS라는 비행선은 그 크기도 크기지만, 무척이나 빠르게 상승하여 금방 눈에서 사라져 버렸다.

"일반 비행선과 같은 속도라면 어떻게 군용으로 사용하겠습니까?"

비록 HAPS의 속도는 전투기나 비행기에 비교할 수는 없지만, 회전익 비행체, 즉, 헬리콥터에 비견되는 빠른 상승 속도를 가지고 있었다.

"준비가 끝났습니다."

수호가 사우디아라비아의 국왕인 모하메드 빈 살만 국왕, 그리고 UAE의 대통령 등 귀빈들과 이야기를 나누고 있을 때, 최성준이 다가와 귓속말을 하였다.

보고를 받은 수호는 바로 뒤를 돌아 관계자들을 보며 이야기하였다.

"HAPS가 궤도에 안착하면 바로 스카이넷 시스템의 위력 시범을 하겠습니다."

"오, 이제 시작하려나 보군."

모하메드 빈 살만 국왕은 두 눈을 반짝이며 작게 중얼거렸다.

만약 이번 시범이 탄도미사일까지 요격한다면 더 이상 예맨의 후티 반군이나 이란의 공격을 걱정할 필요가 없었다.

아니, 막말로 탄도미사일까진 아니더라도 그 언저리에만 성공해도 무조건 구매를 해야 할 물건이었다.

— 여기는 봉황 1호. 궤도에 도착했다.

30분이 흐른 뒤, 이륙한 HAPS에서 연락이 왔다.

그리고 그 소식은 전파를 타고 청와대까지 연결됐다.

한편, 귀빈들이 앉아 있는 천막과 조금 떨어진 곳에 위치한 SH항공에서 나온 기술자들은 이번 위력 시범을 성공적으로 완수하기 위해 스카이넷 시스템의 점검에 만전을 기하고 있었다.

"여기는 제로 원, 제로 투 수신."

컨트롤 타워에서는 코드 명을 불러 시험 비행체를 준비하던 제로 투를 불렀다.

— 제로 투 수신.

"10분 뒤 시험을 시작하겠다. 준비되는 대로 무전 하기 바란다."

그러자 바로 제로 투에게서 연락이 왔다.

— 제로 투 준비 완료되었다.

제로 원은 바로 회장인 수호에게 시범의 준비가 완료되었음을 알렸다.

수호는 한 번 침을 꿀꺽 삼킨 뒤 귀빈들을 바라봤다.

"지금부터 현존하는 가장 완벽한 미사일 방어 체계인 스카이넷 시스템을 공개하겠습니다."

수호의 선언이 있자, 모여 있던 관계자들이 일제히

박수를 쳤다.

참석한 귀빈들 모두 한국에서 먼저 실시한 국지 방어기의 위력 시범 동영상을 보았다.

그보다 한 단계 더 발전한 스카이넷 시스템은 과연 어떤 위용을 보일지 궁금하지 않을 수 없었다.

"탄도미사일 방어를 보시기 전에 우선 국지 방어기의 시범이 있겠습니다."

수호는 무전기를 입에 가져다 대고는 송신 버튼을 눌렀다.

"제로 원, 시범을 실시한다."

— 알겠습니다. 바로 시작하겠습니다.

제로 원은 제로 투에게 무전하여 로켓과 자폭 드론을 날리라는 신호를 보냈다.

그러자 10㎞ 정도 떨어진 곳에서 로켓을 발사하는 모습이 포착되었다.

그렇게 로켓이 모두 발사되자 이번에는 준비된 드론이 날아갔다.

비록 10㎞라는 거리가 있지만, 발사된 로켓이나 드론의 모습이 관계자들의 눈에 모두 들어왔다.

그런데 먼저 발사가 된 로켓들이 일정 고도에 도착하

자 하나둘 폭발하기 시작했다.

펑! 펑! 펑! 펑!

"……?"

"어?"

발사된 지 얼마 되지 않은 로켓들이 어떤 기미도 모이지 않고, 어느 순간 순차적으로 폭발하는 모습에 이를 지켜보던 관계자들이 의문을 품었다.

"지금 무슨 일이 벌어지고 있는 것인가?"

모두가 의문을 품고 있을 때, 사우디아라비아 국왕 모하메드 빈 살만 국왕이 옆자리에 앉아 있는 수호를 보며 물었다.

그러자 수호는 빙그레 미소를 지어 보이며 질문에 답해 주었다.

"방금 보신 것은 국지 방어기의 일부인 AHEPS에서 레이저 빔을 이용해 로켓을 요격한 것입니다."

"AHEPS에서 레이저를 이용해 로켓을 파괴했다는 말인가?"

"그렇습니다."

"호!"

수호의 설명을 들은 빈 살만 국왕이 감탄을 하고 있을 때, 이번에는 500m전방에 있던 K—9A3가 요란한 불꽃을 피워 올렸다.

"응?"

가까운 곳에서 커다란 폭발음이 들리자 빈 살만 국왕은 자신도 모르게 깜짝 놀라며 소리가 들린 곳을 쳐다보았다.

그런데 K—9A3은 한차례만 포탄을 발사하는 것이 아닌 연속해서 여섯 발을 발사하였다.

이는 알려진 K—9의 포탄 발사 속도보다 빠른 속도였다.

하지만 아직 이를 눈치채지 못한 관계자들은 뜬금없이 포탄을 발사한 K—9A3을 기이하게 쳐다보았다.

그런 의문도 잠시, 로켓에 이어 비행을 하던 드론들이 공중에서 폭발을 했다.

펑! 펑! 펑!

뒤늦게 드론들이 폭발하는 모습을 목격한 관계자들은 조금 전 AHEPS가 레이저 빔을 발사해 로켓을 파괴하는 모습을 본 것보다 더 놀라워하였다.

그도 그럴 것이, 레이저 빔은 빛의 속도로 물체 날아가기에 거의 실시간으로 목표를 조절해 파괴할 수 있다는 것을 알고 있었다.

하지만 포탄을 쏴서 비행체를 맞춘다는 것은 감히 상상하지 못하던 일이다.

이런 일이 가능한 건 미사일뿐이라 생각했는데, 방금

전 드론을 잡는 모습은 정말로 상식을 파괴하는 것이 아닐 수 없었다.

물론 드론의 정확한 비행 궤도를 알고 있다면 포탄으로도 충분히 요격이 가능하다는 것은 알고 있었다.

그렇지만 그것은 이론상으로나 가능한 일이었다.

속도가 느린 포탄으로 공중에 떠서 비행을 하는 이동 표적을 맞추는 것은 사실상 불가능한 일이다.

그런데 그것이 지금 눈앞에서 펼쳐졌다.

그러다 보니 이를 지켜본 관계자들이 놀라지 않을 수 없던 것이다.

"저, 저……."

"저것은 K—9A3이 특수탄을 사용하기에 가능한 것입니다."

"특수탄?"

"예. 초고속탄이라고 마하 5의 속도로 날아가는 포탄입니다."

수호는 드론을 요격하는 모습을 보고 놀라워하는 모하메드 빈 살만 국왕과 관계자들을 향해 K—9A3이 사용한 특수탄에 대해 부연 설명을 하였다.

그리고 한편으로는 방금 전 드론을 사냥한 K—9A3에 대한 설명하는 것도 잊지 않았다.

"사우디아라비아와 UAE에도 한국에서 K—9 자주포

울트라 코리아

를 수입한 것으로 알고 있습니다. 하지만……."

실제로 사우디아라비아와 UAE는 얼마 전 한국으로부터 K—9A2 자주포를 수입을 했다.

몇 년간 K—9 자주포에 대한 도입 추진과 중단을 반복하다가 중동 지역에서 미군의 철수로 인해 전력 공백이 벌어지자 부랴부랴 무기도입을 추진한 것이다.

그리고 그 전력 공백을 아직도 메우지 못해 UAE에서 한국형 미사일 방어 체계인 스카이넷 시스템을 구매하려 하자, 사우디아라비아에서도 덩달아 추진을 하려는 중이다.

"기존 K—9A2에 프로그램 업그레이드만으로 AHEPS와 연동하여 국지 방어 시스템을 완성할 수 있습니다."

수호는 특별한 추가 없이 사우디아라비아와 UAE가 보유한 K—9A2를 프로그램 업그레이드만으로 보다 우수한 K—9A3로 업그레이드는 물론이고 AHEPS와 연동을 하게 만들 수도 있다고 이야기를 하였다.

그런 수호의 말이 사우디아라비아의 국왕 모하메드 빈 살만은 물론이고, UAE의 대통령이자 아부다비의 국왕인 자예드, 그리고 관계자들의 눈을 동그랗게 만들었다.

그도 그럴 것이, 무기의 업그레이드는 결코 가벼운

일이 아니었다.

장비 하나를 업그레이드하는데, 적게는 수백만 달러에서 수억 달러까지 들어간다.

그런데 앞에 앉아 있는 수호는 이를 가볍게 이야기하고 있었다.

더욱이 업그레이드로 인해 장비 자체 성능뿐만 아니라, 다른 장비와 연동을 하여 엄청난 물건으로 거듭나고 있었다.

특히나 이 인구가 적은 사우디아라비아나 UAE에게는 무척이나 반가운 옵션이었다.

포탑의 무인화뿐만 아니라 인공지능을 이용해 경우에 따라 무인 운용이 가능하게 만드는 프로그램이었기 때문이다.

이렇게 수호의 설명에 경악을 금치 못하고 있는 관계자들에게 수호는 다시 한번 분위기를 상기시켰다.

"아직 시범이 하나 더 남아 있습니다."

"아!"

"이번 시범은 대한민국 해군에서 협조해 주셨습니다."

최종적으로 스카이넷 시스템의 성능을 알아보기 위해선 탄도미사일을 요격해야만 한다.

하지만 사우디아라비아나 UAE는 탄도미사일을 가지

고 있지 않았다.

그렇기에 스카이넷 시스템의 성능을 알아보기 위해선 탄도미사일을 가지고 있는 나라의 협조가 있어야만 했다.

수호는 이런 문제를 해결하기 위해 대한민국 정부에 협조 요청을 해 두었다.

어차피 대한민국도 북한의 탄도미사일의 위협을 해결하기 위해선 도입을 결정한 국지 방어 시스템만으로는 불가능했기에 스카이넷 시스템이 절실했다.

하지만 국내에서는 이 스카이넷 시스템을 시험할 수가 없었다.

이에 방법을 찾다 이란의 공격에 고심을 하고 있는 UAE에 생각이 미쳤다.

부족한 제원을 마련하는 한편 시험이 불가피한 탄도미사일 요격 시험을 위해 UAE에 스카이넷 시스템에 필요한 HAPS를 보내고, 중동의 평화와 상선의 안전 운행을 위해 파견된 해군 함정이 가지고 있는 함대지 미사일을 이용해 시험해 보자는 것이었다.

이는 대한민국 정부도 좋고 중동의 부국인 사우디아라비아나 UAE에 스카이넷 시스템을 팔 수 있어 SH 그룹에도 좋은 누이 좋고 매부 좋은 일석이조의 좋은 일이었다.

"오른쪽 모니터를 봐 주시기 바랍니다."

언제 설치가 되었는지 천막 오른쪽에는 또 다른 천막이 처져 있었고, 그 안에 커다란 모니터가 설치가 되어 있었다.

모니터는 2분할되어 오른쪽에는 높은 고도에서 아라비아 반도를 내려다보이는 화면이 잡혔고, 왼쪽에는 호르무즈 해협 UAE의 두바이 앞바다에 정박하고 있는 대한민국 해군의 함선인 대구함의 모습이 보였다.

이 대구급 구축함은 KDX—3 batchⅡ에는 수직발사관인 KVLS가 열여섯 문이나 설치되어 있었다.

그리고 중요한 것은 이 KVLS에 신형 탄도미사일이 들어 있다는 것이다.

"꿀꺽!"

누군지 모르겠지만 귀빈석 안에서 마른침을 삼키는 소리가 들려왔다.

하지만 어느 누구도 그런 것에 신경을 쓰는 이는 하나도 없었다.

왼쪽에 있던 화면 속 한국 해군의 군함에서 미사일이 발사되는 모습이 눈에 들어왔다.

소리는 들리지 않았지만, 이를 지켜보는 사람들의 귀에는 미사일의 웅장한 발사음이 들리는 듯하였다.

그리고 발사된 미사일은 빠른 속도로 상공으로 수직

상승을 하다 카메라에서 사라졌다.

그런데 왼쪽 화면에서 사라졌지만, 오른쪽 HAPS가 내려다보는 카메라에는 작은 점이 점점 커지는 모습이 포착이 되었다.

"요격을 시작하겠습니다."

오른쪽 화면에 군함에서 발사된 미사일이 포착이 되는 것을 확인하고 수호는 그렇게 이야기를 하였다.

하지만 그런 수호의 말에 아무도 귀를 기울이지 않았다.

그저 화면 속 미사일의 모습을 주시할 뿐이다.

그리고 수호의 신호를 받은 제로 원에서 중계를 하여 봉황 1호에 탄도미사일을 요격하라는 지시가 내려오자 화면 속에는 금방 모니터를 뚫어 버릴 것처럼 날아오던 미사일이 중간에 폭발하는 모습이 포착이 되었다.

"와!"

탄도미사일이 군함에서 발사되고 얼마 지나지 않아 표격이 되는 모습을 확인한 귀빈들은 일제히 환호성을 질렀다.

6. 실제 상황

대한민국 청와대 대통령실.

화면 조정을 하던 모니터에서 영상이 송출이 되었다.

아무런 대화도 없이 이를 기다리던 사람들은 분할된 화면 속에서 분주하게 움직이는 사람들의 모습도 지켜보았다.

가끔 누군가가 한쪽에 자리 잡고 앉아 있는 사우디아라비아와 UAE의 왕족들과 그 수행원들을 보며 마른침을 삼키기도 했다.

"후, 정말이지 대단한 사람이라 하지 않을 수가 없군."

정동영 대통령은 화면 조그만 창에 보이는 수호를 보며 중얼거렸다.

"누굴 말씀하시는 것입니까?"

옆자리에 있던 이신형 국무총리가 물었다.

"누구긴 누굽니까? SH 그룹의 정 회장을 말하는 것이지요."

"아! 정수호 회장을 말씀하시는 것이었습니까?"

이신형 국무총리는 작게 고개를 끄덕이며 화면을 바라봤다.

그러곤 수호에 대해 잠시 떠올렸다.

그 또한 SH 그룹의 정수호 회장을 여러 번 만나 보았다.

처음에는 재벌까진 아니더라도 재계 200위권 안에 들어가는 중견 기업에 들어가는 집안의 사람이라 기대치가 낮았다.

부자의 자식 대부분은 성격이 뒤틀린 곳이 많았기 때문이다.

하지만 그는 군대에 장기 지원, 그것도 특수부대에 지원을 한 특이한 케이스의 사내였다.

다른 2세들은 어떻게든 국방의 의무를 저버리는데 말이다.

그뿐만 아니라 군에 복무 중일 때, 뛰어난 능력을 인

정받아 훈장도 몇 번 수령한 용사 중의 용사였다.

생각하면 할수록 그 능력이 어느 정도인지 짐작할 수 없었다.

군인 시절만 보면 머리도 좋지만 그보다 육체 능력이 월등히 뛰어나 보였다.

하지만 현재 상황은 오히려 그 반대라고 할 수 있었다.

사실 세계에, 아니, 대한민국에도 뛰어난 재능을 가진 천재들은 무수히 많다.

하지만 지금까지 그들이 이룩한 것과는 비교도 되지 못한 일을 수호는 짧은 기간에 해냈다.

민감한 화약의 폭발을 지연시키는 단열 물질을 개발하고, 또 거기서 더 나아가 화약의 화력을 기존의 것보다 무려 세 배나 강력하게 만들기도 했다.

그리고 다른 나라들은 10년이 넘는 기간을 들여 겨우 완성하는 전투기를 불과 2년 만에 완성하였다.

대한민국은 원래부터 전투기를 제작하고 그 기술이 세계적으로 손에 꼽히는 나라도 아니고, 이제 겨우 자체적으로 개발하기 시작한 나라다.

그 말은 아직 다른 전투기 생산국과는 비교가 되지 않을 정도로 기술력이 뒤쳐져 있다는 소리였다.

그런데 뜬금없이 전투기 제작 선진국에 비견되는 엄

청난 전투기를 뚝딱 만들어 낸 것이다.

그뿐만 아니라 전투기 제작 선진 기술을 가진 기업을 두 곳이나 보유한 미국이 바로 수입해 갈 정도로 완성도가 좋았다.

그 말인즉 미국의 전투기 제작 회사의 기술과 비교해도 뒤지지 않는다는 사실을 반증하는 것이나 다름없었다.

그래서 그런지 일각에선 공군에 SH항공에서 만든 4.5세대 전투기를 도입해야 한다는 목소리가 나오기도 했다.

하지만 정부가 이러한 문제에 대하여 논할 땐, 그냥 제품이 좋고 가격이 싸다고 바로바로 채택이 되는 것이 아니었다.

특히 무기라는 것은 엄연히 정치적 논의를 통하여 합의를 본 후 도입이 되어야 했다.

이 때문에 국내 기업에서 만든 좋은 물건이 있음에도 채택되지 못하는 경우도 있었다.

이신형 국무총리는 개인적으로 그것이 무척이나 안타까웠다.

그런데 SH 그룹에서는 불만의 목소리가 나올 만도 하건만, 정부와의 만남을 주선하려는 노력을 보이지 않았다.

오히려 신경도 쓰지 않고 바로 외국과 계약을 하고 판매해 버렸다.

그렇지만 정부에서는 어떠한 터치도 할 수가 없었다.

그도 그럴 것이, SH항공의 전투기는 어떠한 도움도 받지 않고 자체적으로 개발한 것이기 때문이었다.

뿐만 아니라 미국이 관심을 보이고 그것을 도입하고자 하기에 대한민국 정부에서는 이를 막으려 하는 이가 없었다.

그렇다고 정부가 손해를 본 것은 아니었다.

어찌 되었든 비슷한 시기에 이 좁은 땅에서 4세대를 능가하는 최신형 전투기를 제작할 수 있는 기업을 두 곳이나 가지게 되었으니 좋은 홍보 효과가 아닐 수 없었다.

거기에 대한민국 무기 거래 사상 이보다 많은 외화를 단시간에 벌어들인 경우가 없으니, 국가 예산도 그만큼 늘어났다.

또한 국내 방위산업체들 중 미사일을 개발하는 곳들 역시 득을 보았다.

이번 일로 그렇게 원하던 무장 통합도 이루어졌기 때문이다.

이들은 그동안 자신들이 개발한 무기를 한국 공군이 가지고 있는 전투기에 달기 위해선 어렵게 개발한 기술을 미국에 넘겨야만 했다.

심지어 돈을 받고 기술을 넘기는 것도 쉽게 할 수 없는 일인데, 오히려 돈을 줘 가면서 애원을 해야 하는 웃지 못 할 상황이었다.

하지만 이젠 아니다.

미국이 SH항공에서 개발한 KFA—01을 수입하는 조건으로 무장 통합을 할 수 있게 협상한 것이다.

이제 대한민국 공군은 자체적으로 정비를 하고, 국내에서 개발된 공대공 혹은 공대지 무기들을 운용할 수 있게 되었다.

수호는 그 뒤로도 엄청난 것들을 개발하였다.

특수부대가 현재 한창 시범 운용을 하고 있는 파워 슈트가 바로 그것이다.

군사 선진국인 미국과 러시아가 천문학적인 예산을 들이고도 기술적인 문제로 포기한 것이 바로 파워 슈트였다.

이들뿐만 아니라, 가까운 곳에 있는 일본과 중국도 오래전부터 연구를 하고 있었다.

결론만 말하자면, 대한민국을 제외한 그 어떤 나라도 개발에 성공한 곳은 없었다.

그저 개발 과정에서 나온 신기술을 접목해 조금 나은 성능의 무언가를 만들어 낼 뿐이었다.

심지어 그것도 너무 단가가 비싸 양산화까지 가지도 못했다.

다만, 뛰어난 기술력과 상상력을 가진 일본은 그것을 가지고 산업용이나 의료용으로 만들어 사용하는 정도는 가능했다.

그런데 SH에서는 이를 개발에 성공한 것은 물론이고 양산까지 되고 있었다.

뒤늦게 이 사실을 알고 이신형은 처음에는 농담인 줄 알았다.

그렇게 이신형 국무총리가 수호와 SH 그룹에 대해 생각을 하고 있을 때, 누군가 새된 비명을 지르는 소리가 들렸다.

"어! 아니 어떻게……."

"뭐야! 무슨 일인데 그래?"

자리에 있던 NSC 위원 중 한 명이 경악에 가까운 고함을 지르자, 잠시 옆자리에 있던 다른 위원과 대화를 나누고 있던 자가 놀라며 물었다.

대부분 지루한 상황에 주변 사람과 담소를 나누고 있었기에 화면에 집중하지 않고 있던 탓이다.

"자주포로 드론을 잡았어."

"앵? 그게 무슨 소리야. 자주포로 드론을 잡다니?"

상식적으로 이해할 수 없는 말이 나오자, 사람들은

의문을 표했다.

"안보수석, 조금 전 지나간 장면을 다시 볼 수 있나?"

실시간 중계 화면이기는 하지만, 대통령 집무실에 설치된 TV모니터는 녹화 기능이 있었다.

"예. 잠시만 기다려 주시기 바랍니다."

대통령의 지시를 받은 안보수석은 급히 집무실 밖으로 달려가 조치를 취하였다.

지금 보고 있는 모니터로 영상을 다시 돌려 볼 수도 있지만, 현재 집무실 안에 있는 모니터는 사우디아라비아에서 송출되고 있는 영상이 틀어져 있기에 그럴 수는 없었다.

그러니 안보수석은 또 다른 모니터를 가져와야만 했다.

*   *   *

압둘라와 그의 부하들은 이란으로부터 받은 무기들을 사우디아라비아와 인접한 국경 지역으로 옮겼다.

시간이 걸리긴 했지만, 이들은 전혀 힘들어 하지 않았다.

그도 그럴 것이, 몇 시간 뒤면 사우디아라비아가 자

신들의 공격으로 울부짖을 것이란 생각을 하고 있었기 때문이다.

"여기가 좋겠군."

선두에서 달리던 압둘라는 무른 사막 지형이 아닌 단단한 표토층이 나오자 지시를 내렸다.

"멈춰!"

끼이익!

대장인 압둘라의 명령에 달리던 차량들이 일제히 가던 길을 멈췄다.

"여기에 자리를 잡는다."

압둘라의 말에 차에서 내린 후티 반군들의 표정이 긴장으로 굳어졌다.

"준비해!"

후다다닥!

반군들은 자신이 맡은 역할을 빠르게 수행하기 위해 뛰어다녔다.

트럭을 개조한 미사일 발사대가 목표를 타격하기 위한 준비를 하기 시작했다.

그리고 또 다른 트럭에서는 싣고 온 미사일을 발사대에 옮기기 전에 조립을 하고 있었다.

해상을 봉쇄하고 감시하는 미국의 눈을 속여 미사일을 밀반입하기 위해선 어쩔 수 없이 작은 부품으로 분

해해서 가져와야만 했다.

그 때문에 이란에서 들여온 탄도미사일의 정확도가 떨어지긴 하지만, 압둘라나 후티 반군들에겐 그리 중요한 것은 아니었다.

어차피 떨어진 정확도 보단 미사일의 파괴 범위가 크니, 그 정도 오차는 충분히 감내할 수 있었다.

더욱이 이미 여러 차례 로켓으로 사우디아라비아가 보유한 정유 시설과 공항 등 여러 곳을 공격하면서 정확한 좌표를 확보한 상태였다.

로켓으로도 성과를 보였는데, 그보다 정확한 미사일을 가지고 그 정도도 못한다면 오히려 무기를 제공한 이란이 자신들을 믿으려 하지 않을 것이다.

그러하기에 압둘라는 이란으로부터 기술을 지원받아 개발한 미사일 발사대가 어느 정도 성능을 보일지 기대가 되었다.

후티 반군처럼 열악한 환경에 놓인 조직들은 일반 차량을 개조한 테크니컬 장비를 자주 사용하곤 한다.

물론 테크니컬 장비가 일반 트럭이나 픽업을 개조한 것이기 때문에 군대가 사용하는 정규 무기들에 비해 성능이 떨어지는 것은 사실이다.

하지만 정규군이 사용하지 않는 물건이라고 해도 아주 형편없는 무기는 아니었다.

아니, 중동과 같은 지형에서는 오히려 장점이 많았다.

중량이 무겁지 않아 사막의 모래 지형에서 잘 달리고, 가격이 일반 군용 장비들에 비해 훨씬 쌌다.

또한 필요한 장비를 가져다 달면 되기에 언제든 사용하고 버리기 편했다.

후티 반군도 이번 공격을 위해 자재 운반용 덤프트럭을 개조해 미사일 발사대로 만들었다.

이게 잘만 작동하면 다른 조직에 비싼 값에 판매를 할 수도 있기에 압둘라의 관심은 온통 그것에 가 있었다.

반군들은 어느새 조립이 다 된 미사일을 소형 기중기를 이용해 발사대로 옮겼다.

또한 로켓 런쳐를 단 픽업트럭의 방향을 사우디아라비아 쪽으로 돌려 각도를 맞췄다.

오늘 공격은 폭탄을 탑재한 자폭 드론, 로켓, 그리고 탄도미사일을 사용할 예정이었다.

이 중 탄도 미사일은 500킬로그램의 화약을 탄두에 탑재한 R—17 엘브루스로 흔히 스커드—B 미사일이라 불리는 것을 개량한 것이었다.

이 미사일의 이름은 샤하브—2로 750㎞에 이르는 최대 사거리를 가지고 있으며, 탄두 중량은 800㎏였다.

다만, 지금 압둘라가 이란으로부터 받은 건 500㎏짜

리 탄두를 장착한 것이었다.

탄두가 가벼우니 더 멀리 날아가겠지만, 압둘라가 목표로 하는 것은 그렇게 멀리 있지 않았다.

그저 요격을 피하기 위해 좀 더 고각으로 발사할 계획일 뿐이었다.

압둘라는 두 발의 미사일을 들여왔다.

때문에 한 발이 격추되더라도 충분히 목표를 이룰 것이라 자신했다.

더군다나 미국은 무슨 생각인지 사우디아라비아에서 요격 미사일 자원을 철수시키는 한편, 홍해에 있던 함대까지 지중해로 물러났다.

그렇기에 이번 공격은 성공이 보장되어 있다고 해도 무방했다.

사실 압둘라가 이란에게 탄도미사일까지 요구한 것은 미국의 이런 결정 때문이기도 했다.

이전 공격에 사용한 드론이나 로켓만으로는 사우디아라비아에 큰 피해를 주지 못했다.

몇 차례 로켓과 드론 공격이 성공을 거두어도 그것은 잠시 시간만 늦출 뿐이었다.

그도 그럴 것이, 파괴력이 약해 시설 전체에 큰 데미지를 주지 못했기 때문이다.

하지만 미사일이라면 다를 것이다.

단 한 발만 명중하더라도 사우디아라비아의 외화 수입 창구인 정유 시설을 한 방에 날려 버릴 수 있을 것이다.

나라를 경영하는 자금원이 하나 날아간다면 그것을 복구하기 위해서 새로 짓는 것보다 더 많은 돈이 들어갈 것은 자명한 사실이고 말이다.

더욱이 서구권 국가들이 어떤 나라인가.

어떻게든 자신들에게서 신이 주신 선물을 뺏어 가려는 지독한 놈들이다.

아마 사우디아라비아는 그들에게 많은 혜택을 줘야만 파괴된 정유 시설을 복구할 수 있을 것이다.

그렇게 된다면 부족해진 자금으로 인해 더 이상 정부군에 무기를 공급하지 못할 것이 분명하기에 압둘라는 이를 상상하는 것만으로도 기분이 좋아졌다.

"서둘러라!"

명령을 내리는 압둘라의 목소리에는 그 감정이 담겨 한껏 높아져 있었다.

이에 준비를 하는 반군들의 동작도 빨라졌다.

그렇게 사우디아라비아에 대한 테러를 준비하는 손길이 분주해졌다.

*   *   *

대한민국은 70%가 산악 지형이다.

그렇기 때문에 사계절이 뚜렷하고 밤낮의 일교차도 크다.

또한 삼면이 바다로 둘러싸이다 보니 습도도 높아 기후의 영향을 많이 받는다.

그렇기에 어렵게 개발한 국지 방어 시스템이 100퍼센트 제 성능을 발휘할 수 있는 날이 많지 않아 걱정이 이만저만이 아니었다.

그런데 조금 전 화면에서 너무도 경악스런 장면이 송출되었다.

K—9A3의 성능은 그들의 걱정이 단순한 기우였다는 걸 여실히 보여 줬다.

물론 아직까지 대한민국 육군이 운용하는 K—9이 모두 K—9A3로 업그레이드된 것은 아니지만, 수년 내에 모두 개량할 계획이었다.

그뿐만 아니라 대한민국이 미국의 M109A2 팔라딘을 면허 생산한 K—55도 K—9에 버금가는 성능으로 업그레이드를 하고 있었다.

곧 K—9A3에 들어가는 소프트웨어로 교체한다면 충분히 국지 방어기와 연동이 가능할 것이다.

그렇게 된다면 대한민국은 2,700여 대의 자주포 전

력이 전부 북한의 장사정포와 방사포를 방어할 수 있는 무기로 탈바꿈하게 될 것이다.

이는 세계 어느 나라에도 없는 엄청난 전력이 아닐 수 없었다.

이로써 대한민국은 평시에는 방어 무기로 또 유사시에는 공격 무기로 교체가 가능한 전천후 자주대공포를 가지게 되었다.

"허허, 저게 말이 되는 것인가?"

정동영 대통령은 현장의 상황이 송출되고 있는 스크린을 보며 감탄성을 터트렸다.

그도 그럴 것이, 자주포로 비행하고 있는 드론을 격추시켰다.

비록 드론이 로켓이나 전투기처럼 빠르게 나는 것은 아니지만, 레이더로 추적하고 격추를 시키기까지 상당한 시간이 걸렸다.

또한 그 크기가 작아 목표를 포착했다고 타격할 수 있는 것은 아니었다.

그런데 이 일을 너무도 쉽게 성공시켰으니 사람들이 놀라는 게 그리 이상한 일은 아니었다.

"이런 것까지 준비하고 있었다니, 그는 언제나 나를 놀라게 하는군."

정동영 대통령은 눈도 깜빡이지 않는 상태로 작게 중

얼거렸다.

최대환 국방장관도 그 말에 이어 자신의 감상을 이야기하였다.

"그러게 말입니다. 국지 방어기만으로도 놀라운데, 설마 자주포와 연동을 할 수 있다니 참으로 놀라운 발상입니다."

그렇게 여기저기서 감탄을 하고 있을 때, 한 사람이 작게 우려를 나타냈다.

"그런데 저것을 보고 미국이 가만있을까요?"

말을 꺼낸 사람은 대한민국의 정보를 책임지고 있는 국가정보원 원장이었다.

전시 작전권을 회수했다고는 하지만, 아직까지 대한민국은 미국의 영향에서 완전하게 벗어난 것은 아니었다.

그도 그럴 것이, 대한민국은 북으로는 북한과 대적하고 있으며, 서쪽으로는 동북공정을 하고 있는 중국과 대치를 하고 있다.

비록 거래를 하고 있다고는 하지만 중국이 대한민국의 동맹국은 아니었다.

어느 순간 예전처럼 적으로 돌변할지 모르는 그런 나라였다.

또한 동쪽에 있는 일본도 믿을 수가 없는 나라인 것

은 마찬가지였다.

틈만 나면 독도를 자신들의 영토라 주장하며 대한민국의 영해를 침범하는 일본.

그들을 마냥 믿을 수는 없지 않은가.

이런 이유로 대한민국은 이제는 홀로 일어설 수 있는 자주국방을 이룩하기는 해도 주변 여건이 따라 주지 않고 있었다.

물론 그것도 이제 얼마 남지 않았다.

곧 SH인더스트리로부터 특수부대가 사용할 파워 슈트가 도입되고, 230㎜ 초장거리포가 배치가 될 것이다.

또한 준비 스카이넷 시스템이 배치된다면 더 이상 무서울 것이 없었다.

그러니 조금만 참으면 되었다.

조금만 인내한다면 대한민국의 앞날을 가로막을 존재는 없어질 것이다.

쾅!

그렇게 희망적인 상상을 하면서 모니터를 지켜보고 있는데, 페르시아만에 파견되어 있던 대구함에서 함대지 탄도미사일이 발사되었다.

이는 사거리 800킬로미터, 탄두 중량 500킬로그램인 현무—2C 미사일로 2단 로켓 추진 시스템을 가지고 있었다.

게다가 상당한 정확도를 가진 미사일로 이름을 날리기도 했다.

실제로 공산오차가 겨우 5m에 불과할 정도로 목표를 놓치는 일이 없었다.

하지만 마치 짜기라도 한 것처럼 고도 40㎞ 지점에서 폭발하였다.

처음으로 시연되는 스카이넷 시스템이 정상적으로 작동한 것이다.

그리고 1차에 이어 2차로 발사된 것까지 무사히 요격에 성공하였다.

순차적으로 발사되기는 해도 전투 시를 상정한 발사 속도를 유지하였기에 이를 요격한 HAPS의 레이저 빔 연사 속도에 전투력 적합 판정을 내려도 충분할 것으로 보였다.

짝짝짝짝!

누가 먼저랄 것 없이 집무실에 모여 있던 정동영 대통령과 이하 NSC 위원들은 자리에서 일어나 박수를 쳤다.

그리고 그러한 모습은 이곳뿐만 아니라 저 멀리 중동의 사막에서도 흘러나왔다.

*   *   *

짝짝짝짝!

쏟아지는 뙤약볕을 피하기 위해 설치한 천막 아래서 미사일 방어 체계를 지켜보고 있던 모하메드 빈 살만 사우디아라비아 국왕과 UAE의 자예드 대통령, 그리고 그 수행원들까지 모두 경악에 가득한 표정으로 박수를 쳤다.

지금까지 그 어떤 나라도 탄도미사일을 요격하는 실험을 성공한 나라는 없었다.

그저 가능하다고만 떠들 뿐, 요격에 성공한 시범 영상을 공개하지 않았다.

그런데 지금 세계 최초로 탄도미사일 요격 실험에 성공하는 모습을 지켜보게 된 것이다.

이에 감격한 모하메드 빈 살만 사우디아라비아 국왕이나 자예드 UAE대통령은 누구 할 것 없이 감격의 눈물을 흘렸다.

드디어 자국의 안보가 확보되었기 때문이다.

자원이 많아 부국이기는 해도 자신들을 둘러싼 많은 나라들이 적대적인 탓에 늘 불안에 떨었다.

또 동맹이라고 하는 미국이나 유럽의 국가들도 어떻게 하면 하나라도 더 뺏어갈 것이 있는지 두 눈을 부라릴 뿐이었다.

그런데 동쪽의 작은 나라에서 온 이들이 자신들이 가지고 있던 불안감을 단숨에 해소해 준 것이다.

이에 빈 살만 사우디아라비아 국왕이나 자예드 대통령은 수호에게 다가갔다.

"정말 이러한 것을 우리에게 팔겠다는 것인가?"

그들의 옆에 있던 만세르 두바이 왕자가 격정적으로 물었다.

"네, 물론이죠. 애초에 판매를 하기 위해 이런 이벤트를 벌이지 않았습니까. 하하."

수호는 그들에게 환한 미소로 답했다.

"아아……."

대답을 들은 만세르 왕자는 다른 이들과 같이 눈물을 흘렸다.

이는 재작년 한국을 찾아 시제기 출고식에 참석할 때보다, 그리고 몇 달 전 스텔스 전투기를 인도 받았을 때보다도 감격스러웠다.

사실 스텔스 전투기를 제작 의뢰할 때까지만 해도 수호의 능력에 대해 반신반의하였다.

처음 미국에서 5세대 스텔스 전투기가 나왔을 때, 조국의 안보를 위해 그것을 구매하려 백방으로 뛰어다녔다.

자신이 보유한 개인 자신을 동원해서라도 구매하려고

까지 했다.

하지만 이스라엘의 영향으로 UAE는 스텔스 전투기를 구할 수 없었다.

겉으로는 이스라엘의 지역적 공중 우세를 위한 조치라고 하지만, 그 내면을 들여다보면 빤했다.

중동이 시끄러워야 무기를 더 많이 팔아먹을 수 있었기 때문이다.

다른 나라의 국민들의 생명을 담보로 장사를 하려는 미국이나 여타 나라들의 행태에 치가 떨렸지만, 어쩔 수 없다.

UAE에 힘이 없었기 때문이다.

그런데 무기 기술 선진국이라는 미국이나 러시아, 유럽 등과 관계가 없는 동아시아에서 해결책이 도착한 것이다.

중동만큼이나 불안정한 정세에 놓여 있는 동북아시아의 한 나라가 최신 전투기에 이어 스텔스 전투기까지 만들 수 있다고 자신감 넘치는 발언을 했다.

이에 만세르 왕자는 뭔가 가능할 거란 직감이 들어 그들에게 의뢰를 하였다.

결과적으로 그 예감은 100% 들어맞아 엄청난 만족감으로 돌아왔다.

이에 고무된 만세르 왕자는 자신과 친분이 있는 수니

파 왕족들에게 소식을 전하고, 스텔스 전투기가 필요한 이들에게 SH항공을 소개해 주었다.

만세르 왕자는 수호에게 고마움을 느끼지만, 그걸로 끝이었다.

앞으로 몇 년간 그와 다시 거래할 거라고는 생각지 않았다.

무기 개발이란 건 하루아침에 되는 것이 아니기 때문이었다.

하지만 수호는 이렇게 엄청난 것을 개발해 자신을 찾아왔다.

이것은 자신이 의뢰한 스텔스 전투기와는 비교조차 되지 않을 정도로 안보에 도움이 되는 것이었다.

그러한 것을 생각하니 만세르는 자신과 수호의 인연이 결코 작지 않다 느꼈다.

처음 만남이야 자신이 작은 호의를 보낸 것이었는데, 지금에 와서 판단을 해 보니 그게 아니었다.

눈앞에 있는 수호야 말로 알라가 자신들에게 보내 준 구원자라 할 수 있었다.

"정말 고맙습니다."

그런 생각이 들자 만세르는 자신도 모르게 기존에 사용하던 하오체가 아닌, 정중한 높임말을 하며 수호를 안았다.

"하하하, 이거……."

느닷없이 자신을 껴안은 만세르 왕자 때문에 수호는 순간 당황했다.

하지만 금세 그 표현이 그동안 UAE가 얼마나 안보에 대해 위협을 받고 있으며, UAE의 국방을 책임지고 있던 만세르 왕자에게 크나큰 스트레스를 주고 있는지 알 수가 있어 가만히 있었다.

위잉! 위잉!

그런데 탄도미사일 요격에 기뻐하던 것도 잠시, 느닷없이 사이렌이 울리기 시작했다.

"무슨 일이야?"

"이게 무슨 난리야!"

갑자기 울리는 사이렌으로 인해 천막 안이 소란스러워졌다.

"최 소장, 이게 무슨 일인가?"

수호는 갑작스러운 사이렌에도 차분하게 대처하기 위해 노력했다.

"그게… 스카이넷에 탄도미사일과 다수의 비행체가 포착이 되었습니다."

최성준 역시 크게 당황하지 않고 현재의 상황에 대해 스카이넷이 알려 주는 대로 브리핑했다.

"뭐? 그게 무슨 소리야? 탄도미사일이라니, 다수의

비행체라니?”

하지만 이는 너무도 어처구니없는 답변이 아닐 수 없었다.

“설마 대구함에서 또 미사일을 발사한 것인가?”

수호는 고개를 갸웃거리며 물었다.

“아닙니다. 이번에는 사우디아라비아와 국경을 맞대고 있는 예맨 쪽에서 날아온 것입니다.”

최성준은 잠시 테이터를 살피고는 수호에게 정보를 전달했다.

“예맨?”

“예, 그렇습니다. 아무래도 후티 반군이 미사일을 발사한 것 같습니다.”

“뭐야? 그럼 바로 요격해!”

좋은 날 호사다마라고 요격 실험에 성공하기 무섭게 안 좋은 일이 생겼다.

너무도 예상치 못한 상황이지만, 수호는 차분하게 명령을 내렸다.

“뭐? 후티 반군이 우리에게 공격을 가했다는 말인가?”

느닷없는 사이렌으로 인해 당황하던 모하메드 빈 살만 국왕은 수호와 최성준이 주고받던 대화를 듣고는 소리쳤다.

"폐하, 걱정하지 마십시오. 마침 시험이 아닌 실전 테스트를 할 수 있는 기회가 온 겁니다."

수호는 국왕을 차분하게 진정시켰다.

그러자 이를 들은 빈 살만 국왕도 차분한 수호의 태도에 감화가 되었는지 조용히 고개를 끄덕였다.

"그렇군, 실전 테스트……."

준비된 시험에서 성공을 했다고 해서 실전에서도 100% 성공을 할 수 있다고 판단하기에는 이른 감이 있었다.

"그렇다면 혹시 모를 일을 대비하여 미사일의 경로를 추적해 주게. 목표 지역에 있는 사람들에게 비상 상황임을 알려야 하니."

빈 살만 국왕은 수호를 보며 단호히 이야기했다.

이에 수호는 고개를 끄덕이며 최 소장에게 요격할 준비를 하는 동시에 경로를 최대한 빨리 파악하라는 명령을 내렸다.

이에 이를 옆에서 듣고 있던 UAE의 관계자들은 하나같이 조용히 상황을 지켜보았다.

"지금부터 스카이넷 시스템을 가동하겠습니다."

최성준은 무전기를 들어 제로 원에 지시 사항을 전달했다.

그리고 명령을 받은 제로 원은 곧 바로 HAPS와

AHEPS에 명령을 전달했다.

＊　　　＊　　　＊

[알 루마이디 북쪽 80㎞ 지점에서 다수의 비행체가 발사되었습니다. 목표 지점은 사우디아라비아 동부 해안 아부카이프 유전 지대의 정유 시설입니다.]

잠시간이 흐른 뒤, 사우디아라비아와 국경을 맞대고 있는 예맨 지역에서 미사일과 다수의 비행물체가 날아오르는 것이 HAPS에 포착되었다.

성층권에 떠 있는 HAPS에 탑재되어 있던 인공지능 컴퓨터는 즉시 운용 요원들에게 경고하였다.

"비상! 실제 상황이다."

방금 전 실전 요격 시험을 마쳐 환호하고 있던 SH항공의 HAPS운용 요원들은 느닷없는 인공지능의 경고에 당황했다.

하지만 그것도 잠시, 이내 정신을 차리고 다음 지시를 기다렸다.

— 봉황 1호 데이터 링크하기 바란다.

곧 컨트롤 센터인 제로 원에서의 무전이 들어왔다.

"데이터 링크 연결 완료. 다음 지시를 바란다. 제로원."

봉황 1호의 오퍼레이터를 맡은 한세현 대리가 대답하자, 잠시 뒤 제로원에서 다시 무전이 들어왔다.

― 로켓과 다른 비행체는 대붕 1호가 맡을 것이니 봉황 1호는 탄도미사일을 요격하기 바란다. 이상.

한세현 대리는 위에서 내려온 지시를 바로 복명복창하였다.

"수신 완료. 봉황 1호는 탄도미사일을 요격하겠다."

한세현 대리의 복명복창에 조종실에 있던 다른 직원들은 봉황 1호를 조작하기 시작했다.

"주작01, 위험 등급이 높은 순위로 요격해 줘!"

한세현은 봉황 1호의 인공지능 주작01에게 명령하였다.

[알겠습니다. 조준 완료.]

명령이 떨어지기 무섭게 주작01은 레이저 포의 각도를 조정하여 날아오는 탄도미사일을 조준했다.

"조준 완료되었습니다!"

주작01의 대답을 들은 한세현 대리는 조종실 안에 있는 모든 사람이 들을 수 있도록 소리쳤다.

"발사!"

봉황 1호의 총괄 책임자인 주호빈 과장은 모든 준비가 완료되자 발사를 승인했다.

오늘은 테스트를 위해 SH항공의 직원들이 HAPS인 봉황 1호를 운용했다.

하지만 군에서 정식으로 스카이넷 시스템이 채택이 된다면 운용은 군으로 이관이 될 것이다.

현재까지는 SH에서 운용하기에 군인이 아님에도 이들은 상급자의 명령에 의해 미사일을 요격하기 위해 움직였다.

7. 각국의 반응

사우디아라비아의 국왕 모하메드 빈 살만 국왕은 한 순간에 천국과 지옥을 왕복하는 기분을 느꼈다.

　오늘은 자신의 안위와 국민의 생명, 그리고 국가의 재산을 지키기 위한 무기의 시연에 참석하는 자리였다.

　그리고 들은 정보대로 한국에서 개발된 스카이넷 시스템, MDS(미사일 방어 체계)는 그 성능이 무척이나 마음에 들었다.

　시험을 위해 준비된 것이기는 해도 실제로 로켓과 드론을 중간에 요격했을 뿐만 아니라, 우주를 통과해 내려오는 탄도미사일까지 연속적으로 격추하는 데에 성공하였다.

이는 지금까지 없던, 그저 상상만으로 생각하던 꿈의 기술이었다.

하지만 한국은 그 꿈을 현실로 만들어 보여 주었다.

이에 고무되어 막 계약을 하려고 하던 차였다.

그때, 예멘의 반군들이 공격을 해 왔다.

예멘의 후티 반군이 종종 자신들을 공격해 오기는 해도 아직까지 탄도미사일을 쏜 적은 한 번도 없었다.

그도 그럴 것이, 그들은 가난한 자들이기에 감히 수천만 달러나 하는 무기를 살 형편이 되지 않았다.

그저 시아파의 수장인 이란에서 지원해 주는 자금과 무기로 테러를 하는 정도에 불과했다.

그런데 느닷없이 탄도미사일을 발사하다니.

모하메드 빈 살만 사우디아라비아 국왕은 순간 공황 상태에 빠지고 말았다.

모든 것은 마음먹기에 달린 것이라고 하던가.

당황하던 빈 살만 국왕과는 다르게 이번 시범의 주체인 수호는 전혀 당황하지 않고, 상황을 냉정하게 살피며 판단을 내렸다.

그리고 SH 그룹이 가져온 스카이넷 시스템은 그저 준비된 것만 요격할 수 있는 게 아닌, 실전에도 확실하게 제 성능을 내는 시스템임을 증명해 보였다.

시범 요격을 끝내고 아직 꺼지지 않고 있던 화면에 후티 반군이 쏘아 올린 샤하브—2 미사일이 날아오고 있는 모습이 포착되었다.

그러곤 금방 폭발해 사라지는 모습까지 이 자리에 있는 이들에게 보여 주었다.

"와아!"

스카이넷 시스템의 성능을 다시 한번 확인한 참관인들은 환호성을 질렀다.

하지만 아직 모든 것이 격추된 건 아니었다.

"아직 적들이 쏘아 낸 비행체들이 더 남아 있습니다."

수호의 목소리가 울려 퍼지자 언제 그랬냐는 듯 장내가 조용해졌다.

"봉황 1호, 탄도미사일 요격. 최종 확인되었습니다."

최성준 소장은 방금 전 봉황 1호에서 날아온 소식을 전달했다.

그러면서 바로 다음 작전을 이야기하였다.

"저고도로 날아오는 로켓과 자폭 드론은 대붕 1호에서 요격을 시작하겠습니다."

최성준의 말이 끝나기 무섭게 TV 화면은 대기권에 떠 있는 대붕 1호에 달린 카메라의 시점으로 바뀌어 있었다.

그리고 그 카메라를 통해 예멘 방향에서 날아오는 로켓과 자폭 드론의 모습이 선명하게 송출되었다.

그렇지만 로켓들은 카메라에 잡히기 무섭게 하나둘 폭발하며 사라졌다.

그렇게 약 스무 발의 로켓이 한순간에 소멸했다.

그다음 등장한 것은 자폭 드론의 모습이었다.

후티 반군은 혹시라도 사우디아라비아에 남아 있는 요격 미사일로 인해 자신들의 공격이 중간에 실패할지도 모른다고 생각했다.

때문에 시간차 공격을 하기 위해 속도가 다른 로켓과 드론을 이용해 공격을 했다.

하지만 가는 날이 장날이라고, 오늘 이곳에서 미사일 요격 시스템이 실전 테스트를 하고 있을 줄은 몰랐을 것이다.

야심차게 계획한 탄도미사일과 로켓, 그리고 자폭 드론을 이용한 3단계 테러는 너무도 빠른 시간 안에 실패가 확정되었다.

성층권에 인접한 고고도에서는 광범위한 영역을 탐색하는 레이더를 가지고 데이터를 분석하는 인공지능 컴퓨터, 그리고 빛의 속도로 날아가는 물체를 요격하는 레이저 빔을 쏘아 대는 HAPS가 있었다.

또한 저고도에는 많은 수의 고출력 레이저 포를 가지

고 있는 AHEPS가 사우디아라비아의 상공을 지키고 있었다.

이들은 후티 반군이 쏘아 낸 미사일과 로켓, 그리고 드론들을 요격하여 단 한 발도 목표에 닿지 못하게 중간에서 요격했다.

만약 스카이넷 시스템이 사우디아라비아의 소속이었다면 아마 공격을 요격하는 것만으로 그치지는 않았을 것이다.

그도 그럴 것이, 후티 반군이 미사일을 쏘아 올릴 때, 이미 그들의 위치를 봉황 1호가 포착했기 때문이다.

그러니 미사일 요격과는 별도로 적의 위치를 지상 포병 부대에 알려 반격을 하거나, 아니면 국지 방어 시스템 시범을 보일 때처럼 자주포와 연동하여 무선으로 사격했을 것이다.

"고맙네."

모하메드 빈 살만 국왕은 수호를 끌어안으면서 감사의 인사를 하였다.

너무도 격정적인 그의 감사에 수호는 그저 몸을 맡길 뿐이었다.

짝짝짝짝!

빈 살만 국왕이 수호에게 격정의 감사 인사를 하자, 그 주위에서는 그의 수행원과 UAE의 귀빈들이 박수를 치기 시작했다.

이는 시범이 성공을 했을 때보다 더 격정적인 반응이었다.

그만큼 여기 모인 사람들이 본 것이 대단했기 때문이기도 했다.

한편 이런 모습은 멀고 먼 대한민국에서도 비슷하게 연출되었다.

$$* \qquad * \qquad *$$

너무도 황당한 일을 겪으면 사람은 상황 파악을 하는 것에 애로를 겪는다.

그로 인해 어떠한 상황 대처도 할 수 없게 되어 마치 석상이 된 듯 움직임이 없어진다.

그리고 그런 현상을 보이는 것은 한국의 대통령 집무실에 모인 NSC 위원들과 조금 전 탄도미사일 요격 시험에 성공을 축하하던 정동영 대통령도 예외는 아니었다.

후티 반군의 공격을 성공적으로 막기 몇 분 전.

"저, 저……."

너무도 당황한 나머지 정동영 대통령은 문장을 끝내지 못하고 같은 말만 반복했다.

"정황으로 보아 후티 반군이 사우디아라비아의 정유 시설을 노리는 것 같습니다."

가장 먼저 정신을 차린 것은 군인 출신인 최대환 국방부 장관이었다.

전에도 예멘의 후티 반군이 몇 차례 사우디아라비아의 정유 시설을 노리고 로켓과 자폭 드론을 보낸 적이 있기에 빠르게 눈치챌 수 있던 것이다.

"후티 반군?"

"예. 예멘은 지금도 정부군과 후티 반군이 내전을 치르고 있습니다."

"그런데 그들은 어째서 예멘 정부군이 아닌, 사우디아라비아를 공격하는 것입니까?"

정동영 대통령은 최대환 국방부 장관의 이야기가 좀처럼 이해가지 않았다.

정부군과 싸운다면서 다른 나라를 공격한다니.

이게 대체 무슨 경우란 말인가.

"그것은 중동의 전쟁이 무엇 때문에 일어나는 것인지 알아야 합니다."

"그래요? 이유가 뭡니까?"

정동영 대통령은 최대환 국방부 장관을 바라봤다.

이에 그는 차분하게 중동이 화약고인 이유를 설명하였다.

"일단 이슬람교에는 수니파가 있고 시아파가 있는데, 이들의 차이는……."

같은 이슬람교를 믿고 있기는 하지만, 이들은 경전인 코란의 해석부터 시작해 다양한 차이점이 존재했다.

그리고 이러한 차이로 인해 갈등이 생기고 결국 현재 상황에 온 것이다.

그렇게 설명을 하다 보니 최대환 국방부 장관은 극단주의 테러 단체인 IS나, 2001년 미국 뉴욕의 쌍둥이 빌딩을 테러한 알카에다에 대한 설명까지 이르렀다.

"그러니까 장관의 말은 후티 반군이 사우디아라비아를 공격한 것은 종교적인 이유도 있지만, 결과적으로 예멘 정부에 많은 무기를 공급하고 있기 때문이란 겁니까?"

"맞습니다. 반대로 후티 반군의 경우, 시아파의 수장인 이란의 지원을 받고 있습니다."

최대환 국방부 장관은 고개를 끄덕이며 정동영 대통령을 바라봤다.

그리곤 설명을 이어 나갔다.

후티 반군은 시아파를 대신해 수니파인 정부군과 대리전을 하고 있었다.

하지만 수니파의 종주인 사우디아라비아가 뒤에서 예멘 정부군에 무기를 지원하고, 병력을 보내는 것에 대해 화가 나서 사우디아라비아의 정유 시설과 공항 등을 테러하는 것이었다.

더욱이 자신들은 또 다른 수니파 국가인 오만 때문에 이란과 직접적으로 교류를 하지 못하는 반면, 예멘 정부는 바로 사우디아라비아와 국경을 맞대고 있다 보니 물자 지원이 자신들보다 원활했다.

그러하기에 후티 반군의 입장에서는 사우디아라비아를 공격할 수밖에 없었다.

때리는 시어머니보다 말리는 시누이가 더 밉다는데, 사우디아라비아는 말리기는 커녕 도리어 몽둥이를 쥐어 주고 있었기 때문이다.

장황한 설명을 들은 정동영 대통령은 상황이 이해가 가기는 하지만, 하필이면 이런 시기에 미사일을 쏜 것에 대해 반감이 일었다.

하지만 그것도 잠시, 우려와 다르게 스카이넷 시스템은 바로 작동하여 후티 반군이 쏜 탄도미사일을 요격했다.

또한 저고도로 날아가는 로켓과 드론들이 요격되는 모습도 눈에 들어왔다.

"좋아!"

그러자 조금 전 현장에서 일어난 장면과 비슷한 모습이 연출되었다.

사실 그들은 이미 여러 시험 영상을 본 적이 있었다.

한국에서의 시범은 물론이고, 현재 사우디아라비아에서 진행하는 것도 실시간으로 지켜보고 있었다.

하지만 방금 전 후티 반군이 쏘아 올린 샤하브—2와 122㎜ 로켓이 날아가는 모습은 받아들여지는 느낌부터가 달랐다.

알고 있는 것과 모르고 있다 당하는 것은 그 충격부터가 다르기 때문이다.

전자는 어찌 되었든 요격에 실패를 해도 피해를 보지 않는다는 생각에 느긋하게 지켜볼 수 있지만, 후자는 아니었다.

나를 향해 직접적인 공격이 들어온 것이기에 혹시라도 요격에 실패하면 큰 피해를 줄 것이 분명했다.

또한 미국이나 러시아는 물론이고, 다른 국가들도 해당 뉴스를 접하고 있을 테니 실패한다면 나라의 위상도 떨어질 것이다.

그러니 후자가 더욱 긴장이 되고 스트레스를 받을 수밖에 없었다.

하지만 수호는 그렇게 생각하지 않았다.

그에게 있어서 전자나 후자의 차이는 그리 큰 상관이 없었다.

어차피 둘 다, 실패하게 되면 존재 의미가 없어지는

것은 매한가지니까.

시범에서 실패를 하나, 실전에서 요격에 실패를 하나 결과는 같다는 말이다.

그렇기에 지켜보는 수호는 이번에도 요격에 성공할 것을 자신했다.

그래서 다른 사람들과 다르게 느긋할 수 있었다.

다른 이들은 이러한 사실을 모르기에 불안해하고, 또 요격에 성공하자 흥분하는 것이다.

"바로 도입을 결정하는 것이 좋겠어."

정동영 대통령은 잠시 여운에 잠겨 있다가 주변에 앉아 있는 이들을 둘러보더니 스카이넷 시스템 도입을 승인하자는 말을 꺼냈다.

다만, 막대한 예산이 필요로 하기에 국회의 심의를 거쳐야 하는 과제가 남아 있었다.

"일단 여, 야당 대표를 불러 설명하시는 것이……."

"그거야 당연한 일 아닙니까?"

여야 대표들에게 방금 전 자신들이 본 영상을 보여 준다면 그들도 이해할 것이다.

비록 군대를 다녀오지 않은 인사들이라고는 해도 자신들의 안위에 대한 생각은 같았기 때문이다.

그러니 북한의 위협으로부터 자신의 안녕을 지킬 수 있는 수단이 생겼는데, 이것의 도입을 거부할 이유는 없었다.

물론 막대한 예산이 필요로 하기는 하지만, 그들의 입장에서 그것은 자신의 돈이 나가는 것이 아니기에 전혀 고려의 대상이 아니었다.

다만, 그것을 어떻게 이용을 해야 자신의 정치 생명을 더욱 연장을 할 수 있을지.

그것만이 관건이었다.

"위원들께선 SH 그룹의 스카이넷 시스템 도입에 대해 이견이 없으십니까?"

정동영 대통령은 자리에 있는 NSC 위원들을 둘러보며 물었다.

"당연하지요. 비록 초기 도입 비용이 비싼 것은 사실이지만, 이스라엘의 아이언 돔 시스템 역시 비슷한 가격이지 않습니까."

"맞습니다. 아이언 돔에 비하면 우리의 스카이넷이 훨씬 경제적이지요."

어느새 SH 그룹이 개발한 스카이넷 시스템은 우리의 것이 되어 있었다.

그만큼 마음에 들었다는 반증이 아닐 수 없었다.

"그런데 스카이넷 시스템을 도입하게 된다면 몇 개의 포대를 도입할 것이며, 어느 곳에서 담당을 맡게 되는 것입니까?"

그때, 안보수석이 약간은 민감할 수도 있는 문제를 제기했다.

바로 스카이넷 시스템의 운용을 어느 군에 맡겨야 하느냐가 그 골자였다.

지상 전력이 있으니 육군에서는 자신들이 맡아야 한다고 주장할 것이 분명하고, 육군이 그런 주장을 하면 공군도 저고도와 고고도에 비행체가 있으니 자신들 공군이 맡아야 한다고 반박할 게 확실했다.

게다가 해군 역시 자신들과는 상관이 없다고 빼진 않을 것이다.

어떤 이유를 대서라도 한 다리 걸치려 할 것이 눈에 선했다.

그도 그럴 것이, 비행선의 특성상 하늘에 떠 있다고 해도 그것을 운용하는 방법은 비행기라기 보단 선박과 비슷했다.

좁은 공간에서 장시간 공동생활을 하는 것이나, 공기가 희박한 환경이다 보니 마치 잠수함 승조원처럼 생활을 해야 했다.

그런 것을 안다면, 아마 해군도 자신들이 스카이넷 시스템을 운용해야 한다고 주장할 것이다.

그렇기에 우선 이 문제부터 해결을 해야만 앞으로의 혼란을 줄일 수 있었다.

안보 수석으로 인해 촉발된 안건은 한순간에 심각한 문제로 대두되었다.

그렇지 않아도 군은 자신의 밥그릇에 무척이나 민감한 조직이었다.

어느 조직이 그렇지 않겠냐만 군은 그 어떤 조직보다 심했다.

특히나 대한민국 육군의 그러한 경향은 어느 곳보다 심했다.

그리고 그다음이 해군인데, 아마 대한민국이 북한과 휴전 중이지만 않았더라면 지금처럼 육군에 밀리고만 있지는 않았을 것이다.

실제로 패권을 지양하는 대부분의 나라들은 육군보다 해군이 더욱 강성한 모습을 보였다.

근대의 영국이 그랬고, 그보다 먼저 스페인이 그랬으며, 현대에 들어와서는 미군이 그렇다.

해외 곳곳에서 분쟁에 개입하고 있다 보니, 미국의 육군보다 해군의 파워가 좀 더 컸다.

육군에 항공대가 있기는 해도 그들이 보유한 항공기는 해군이 보유한 것에 비해 성능과 운용에서 차이가 컸다.

그도 그럴 것이, 육군의 항공 전력이라는 건 육군을 지원하는 개념이기 때문이다.

그에 반해 해군 항공대의 경우 군함을 지키고, 또 경우에 따라선 원정군의 전력 지원도 겸하기에 공군에 준하는 전력을 보유하고 있었다.

우스갯소리로 전 세계 나라의 공군력 중 1위는 미국의 공군이고, 2위가 미국 해군 항공대라는 말이 있을 정도였다.

하지만 그 말은 결코 농담이 아니었다.

실제로 미국 해군의 항공 전력이 러시아나 G2로 불리는 중국 공군의 전력을 상회하고 있었다.

이런 것을 비춰보면 대한민국도 이제는 육군에만 신경을 쓸 것이 아니라, 해군 전력에도 신경을 써야 할 때가 왔다 할 수 있었다.

*   *   *

얼마 지나지 않아 인터넷 뉴스에 그날 벌어진 시험에 대한 기사들이 가득 찼다.

[대한민국, 더 이상 핵미사일이 두렵지 않다.]

[신의 방패를 능가하는 보이지 않는 벽, 핵미사일도 뚫지 못했다.]

[최강의 미사일 방어 무기 아이언 돔을 뛰어 넘는 극강의 미사일 방어 체계, 대한민국이 해냈다.]

[스타워즈 영화를 현실로. 대한민국 방산 기업 SH가 해냈다.]

사우디아라비아에서 실시된 실전 테스트는 물론이고, 예멘의 후티 반군의 공격까지 막아 낸 소식이 이슬람 뉴스 매체인 알자지라 방송을 통해 전 세계로 송신되었다.

그 뒤, 대한민국은 난리가 났다.

그렇지 않아도 어려운 경제난 속에서도 주민들을 쥐어짜서 핵무기와 ICBM(대륙간탄도탄), 그리고 SLBM(잠수함발사탄도미사일)의 개발에 열을 올리는 북한으로 인해 불안감을 느끼던 차였다.

때문에 탄도미사일을 요격할 수 있는 기술을 개발했다는 소식은 대한민국 국민들에게 기쁜 소식이 아닐 수 없었다.

게다가 테스트는 물론이고, 실제 공격 상황에서도 완벽하게 일을 수행해 냈다.

이러한 소식이 자국의 어용 언론도 아니고, 외국의 공신력 있는 매체에서 보도되니, 대한민국 국민이라면 모두가 자부심을 느낄 만한 소식이었다.

그러다 보니 대한민국의 언론 매체는 이 소식을 앞다투어 보도했다.

하지만 그 행태가 참으로 웃겼다.

모두가 국뽕이라도 취하기라도 한 것인지 기사 제목들이 하나같이 천편일률적이었기 때문이다.

꼭 대한민국이 이미 세계 최강의 자리에 오른 것처럼 떠들고 있었다.

물론 SH 그룹에서 개발한 스카이넷 시스템은 방어 용도로만 사용할 수 있는 무기 체계가 아니었다.

하지만 이것만으로 최강을 논의하기는 일렀다.

그럼에도 언론들은 말도 안 되는 과장을 섞어 가며 뉴스를 적었고, 그러다 보니 일부 뉴스 내용은 스카이넷 시스템과는 전혀 연관이 없는 미국의 스타워즈 프로젝트까지 언급했다.

이미 오래 전에 폐기되었는데도 말이다.

＊　　　　＊　　　　＊

"헐, 여긴 소설을 써 놨네."

사우디아라비아의 수도 리야드의 호텔에서 신문을 보고 있던 수호가 황당하다는 투로 작게 중얼거렸다.

그는 지금 미사일 방어 체계인 스카이넷 시스템의 실

전 테스트를 성공적으로 마치고, 사우디아라비아와의 계약을 맺기 위해 호텔에 머물고 있었다.

그러던 중 슬레인을 통해 외부의 반응을 보기 위해 뉴스를 살피다가 너무도 웃긴 기사를 발견한 것이다.

알자지라 방송을 통해 이번 소식이 전해지자, 수호는 사우디아라비아의 국민 영웅이 되었다.

이는 사우디아라비아의 국왕 모하메드 빈 살만이 직접 알자지라에 연락해 그에게 감사를 표한 사실을 얘기했기 때문이다.

그리고 당시 함께 자리하고 있던 UAE의 자예드 대통령이나, 언론에 잘 알려진 만세르 두바이 왕자의 증언으로 신빙성을 더했다.

그로 인해 방송이 나간 뒤 수호와 SH 그룹은 세계의 주목을 받았다.

그도 그럴 것이, 그동안 미사일 방어 체계로 유명한 것은 이스라엘의 아이언 돔이었다.

팔레스타인의 무장 단체이자 자치 정부인 하마스의 로켓 공격을 효과적으로 막아 낸 아이언 돔만이 유일하게 실전 사례를 가지고 있는 미사일 방어 체계였다.

미국이나 러시아에도 미사일 방공 체계가 있기는 하지만, 그것들은 실전에서 참담한 실패를 거듭하여 이름값을 못하는 값비싼 쓰레기 취급을 받고 있었다.

그런데 방위산업에서 점점 두각을 보이고 있는 대한민국에서 이스라엘의 아이언 돔을 능가하는 미사일 방어 체계가 나온 것이다.

아이언 돔은 겨우 소형 로켓이나 속도가 느린 무인 드론의 공격을 막아 내는 데 반해, 한국의 SH 그룹이 개발한 스카이넷 시스템은 무려 탄도미사일까지 방어하는데 성공하였다.

그것도 약속된 궤도가 아닌, 계획에도 없던 후티 반군의 기습 공격을 말이다.

스카이넷 시스템은 어떤 이상도 발현하지 않고, 임무를 완벽히 수행하였다.

이로 인해 사우디아라비아의 모하메드 빈 살만 국왕은 그 자리에서 약속한 스카이넷 시스템 여섯 대에 추가로 국지 방어 시스템 여섯 포대까지 주문하였다.

이는 계약 금액만 따져도 140억 달러가 넘는 엄청난 금액이었다.

원화로 계산하면 무려 17조가 넘었다.

여기에 처음 스카이넷 시스템에 관심을 보인 UAE도 스카이넷 시스템을 한 대 더 추가 구매를 하였다.

사실 더 구매하고 싶었지만, 비용 문제도 있고, 함선의 운용 체계 때문에 이 이상은 큰 효과를 기대할 수 없었다.

기존의 국지 방어 시스템이야 여유가 있으니 그대로 운용이 가능하지만, HAPS의 경우 두 대뿐이기에 유사 시 문제가 될 수 있었다.

가장 효율이 좋은 방식은 HAPS 한 기가 임무 수행을 할 때, 다른 한 기는 비상대기를 하고, 또 다른 한 기는 다음 운행을 위해 정비를 하는 것이었다.

하지만 UAE는 너무도 비싼 가격으로 인해 스카이넷 시스템을 두 기만 사고, 나머지는 저고도에서 운행을 하는 AHEPS와 국지 방어 시스템으로 보충하려고 했다.

하지만 이젠 아니었다.

UAE의 앞에는 시아파의 수장인 이란이 자리를 잡고 있다.

그것도 불과 50㎞밖에 떨어지지 않은 곳에서 말이다.

더욱이 이란은 핵무기까지 보유한 나라였다.

그런 나라와 인접해 있으며 돈 좀 아끼겠다고 안보를 무시하기는 힘들었다.

솔직히 UAE의 대통령인 자예드의 입장에서 20억 달러 정도는 충분히 개인 돈으로도 감당이 되었다.

20억 달러가 물론 큰돈이기는 하지만, 산유국인 UAE의 대표인 그에게는 재산의 일부 정도에 불과했다.

또한 당시 현장 분위기를 보면 자예드가 스카이넷 시

스템을 한 대 더 도입한다고 해서 관료들이 반대하진 않을 것이 분명했다.

오히려 자예드 대통령이 기존의 계획을 철회하고 스카이넷 시스템을 한 대 더 도입한다고 이야기하자, UAE의 관료들은 기쁨을 감추지 못했다.

그도 그럴 것이, 스카이넷 시스템의 성능을 두 눈으로 확인했는데, 거기서 반대표를 던질 사람이 누가 있겠는가.

군사 무기에 관해 잘 알지 못한다고 해도 눈으로 본 것을 거짓이라 치부할 수는 없었다.

게다가 자신의 안녕을 보장해 줄 수 있는 무기가 있는데, 그것을 막을 인사는 아무도 없었다.

이렇게 사우디아라비아와 UAE만으로 수호는 200억 달러가 넘는 계약을 하게 되었다.

*   *   *

중동에서 한국의 미사일 방어 체계가 시험을 한 소식이 전해지자 세계 각국은 난리가 났다.

특히나 다섯 개국은 더욱 이를 심각하게 받아들였는데, 이들은 바로 세계 최강이라 불리는 미국과 요즘 한창 대한민국과 첨예하게 각을 세우고 있는 중국이 포함

되어 있었다.

그리고 다른 나라에는 대한민국이 하는 일 하나하나마다 어깃장을 놓으려 드는 일본이 있고, 러시아 역시 긴장을 늦추지 않았다.

여기서 러시아의 경우, 일본과 영유권 문제로 대립하는 동시에 반사이익으로 한국과는 관계가 좋아지고 있었다.

하지만 이번 사건으로 라이벌인 미국이 더욱 큰 힘을 얻게 되진 않을까 심각한 고민을 할 수밖에 없는 것은 당연한 사실이었다.

그리고 마지막 한 나라는 바로 이스라엘이었다.

이스라엘은 언뜻 보면 한국과 접점이 없어 보였다.

하지만 그들 나라가 자리하고 있는 곳이 어딘가.

이스라엘은 사면에 적이라 할 수 있는 이슬람 국가들에 둘러싸여 있는 나라였다.

그렇다 보니 안보에 있어서 어느 누구보다 철저한 나라가 바로 그들이었다.

그러하기에 이스라엘은 한 발에 45,000~70,000달러나 하는 미사일을 겨우 수백 달러면 만들 수 있는 까삼 로켓을 요격하기 위해 사용했다.

그런데 자신들보다 군사 과학 기술이 떨어진다 생각하던 대한민국에서 자신들이 개발한 최고의 요격 시스템인 아이언 돔을 능가하는 미사일 방어 체계를 개발했다.

게다가 실전에서 아이언 돔보다 훨씬 뛰어난 요격률을 보여 주었다.

물론 아직까지 표본으로 사용할 정도의 데이터가 쌓인 것은 아니었다.

하지만 어찌 되었든 현재까진 100% 요격률을 나타내고 있다.

그러니 당연 관심을 보일 수밖에 없는 것이다.

*   *   *

"조나단, 자네도 이 소식 들었나?"

미국의 존 바이드 대통령은 CIA의 국장인 조나단 샌더슨을 보며 물었다.

신문을 보고 있던 존 바이드 대통령의 질문에 조나단 국장은 빠르게 눈치를 채고 대답하였다.

"예, 들었습니다, 프레지던트."

현재 CIA는 이번 중동에서 날아온 소식으로 인해 전쟁터나 다름없었다.

그도 그럴 것이, 세계의 정보를 모두 알고 있다고 자부하던 CIA가 화약고라 할 수 있는 중동만큼이나 불안정한 정세를 보이고 있는 동북아에서 개발된 미사일 방어 체계에 대한 정보를 미리 알아차리지 못한 것이다.

대한민국은 조금 늦은 시기이긴 해도 미국이 미사일 방어 체계를 연구할 때부터 같은 연구를 시작했다.

시간이 흐르며 미국은 천문학적인 예산의 압박에 연구 계획을 수정해 장기 프로젝트로 넘겼지만, 한국은 아니었다.

북한이란 어디로 튈지 모르는 개구리와 같은 이들이 있기에 연구를 한시도 늦추지 않았다.

그 때문에 많은 성과도 있었다.

하지만 그 정도는 미국도 가지고 있기에 그리 큰 관심을 보이진 않았다.

그런데 잠시 한눈을 팔고 있을 때, 자신들보다 먼저 연구를 완성시킬 줄은 아무도 예상하지 못했다.

그러한 사실을 눈치채지 못한 것은 CIA의 입장에서 직무 유기나 다름이 없는 일이었다.

하지만 어찌된 일인지 SH와 관련된 정보들은 하나같이 취득하기 힘들었다.

그리고 어느 순간 이렇게 파도치듯 밀려 들어오곤 했다.

그 때문인지 조다단 샌더슨 CIA 국장은 존 바이드 대통령에게 고욕을 당하는 것 같은 느낌이 들었다.

"그럼 이것에 대한 정보도 가지고 있겠군."

존 바이드 대통령은 들고 있던 신문을 책상에 내려놓고 CIA 국장을 바라봤다.

해당 건에 대한 정보를 가지고 오란 말이었다.

하지만 조나단 샌더슨은 표정을 굳히며 고개를 가로저을 수밖에 없었다.

"SH의 보안은 저희의 능력으로는 뚫을 수가 없었습니다. 그래서……."

자신들의 능력이 미치지 못한다는 말을 해야 하기에 조나단의 표정은 좋지 못했다.

그것도 직속상관이라 할 수 있는 대통령에게 자신들의 무능함을 이야기하는 상황이니 더욱 비참함을 느꼈다.

그나마 다행인건 다른 곳에서도 그와 비슷한 처지에 놓인 이들이 있다는 점이었다.

*　　　　*　　　　*

국가안보부(MGB)의 대장인 바실레비치는 굳은 표정으로 러시아의 대통령인 푸친 앞에 섰다.

"동지!"

"네, 짜르!"

바실례비치는 오래전 사라진 제정 러시아에서 황제를 지칭하는 짜르란 단어를 사용할 정도로 푸친에게 예를 다했다.

누군가 보면 문제될 소지가 있는 표현이지만, 현재 푸친의 집무실 안에는 대통령인 푸친과 그뿐이기에 큰 상관은 없었다.

그리고 크렘린 내에서 근무하는 이들도 사실 대통령 인 푸친을 황제, 혹은 짜르라 생각하기에 문제될 것도 없었다.

아무튼 바실례비치는 굳은 표정으로 푸친을 보며 긴 장하고 있었다.

그가 화가 났을 때 얼마나 지독한지 너무도 잘 알고 있기 때문이었다.

"몰랐나?"

그는 밑도 끝도 없는 질문을 던졌다.

하지만 바실례비치는 이에 대답을 해야만 했다.

"그들의 보안은 저희 MGB보다 뛰어납니다."

"그래? 그런데… 그럼 모든 문제가 다 해결되는 것인 가?"

뜻을 알 수 없는 질문과 대답이 계속됐다.

"해결책은 간단합니다. 저희도… 구매를 하면 됩니 다."

너무도 쉽게 꺼낼 수 있는 말 같지만, 바실례비치는 이 말을 하기 위해 무수한 용기를 냈다.

러시아에서 무소불위의 권력을 가지고 있는 푸친의 말에 이렇게 대답한 뒤 살아남은 자는 거의 없었기 때문이다.

하지만 그도 어쩔 수 없었다.

너무도 긴장된 나머지 질문에 답을 하는 것도 급급했다.

"미국도 아직까지 개발하지 못한 기술입니다. 그리고 들어온 정보에 의하면 그것은 생각보다 가격이 비싸지 않다고 합니다."

비록 SH 그룹에서 개발한 미사일 방어 체계에 대한 자세한 정보를 취득할 수는 없지만, 사우디아라비아에 파견한 스파이들을 통해 판매 가격은 알아낼 수 있었다.

"비싸지 않다?"

"예. 한 세트에 20억 달러라고 합니다."

"20억 달러? 그게 적은 금액인가?"

푸친은 가격을 듣고는 어이없다는 표정을 지었다.

지금 그 가격을 싸다고 이야기하는 바실례비치가 황당했기 때문이다.

"물론 20억 달러는 엄청난 금액이 맞습니다."

"역시 그렇군. 나는 또 내가 잘못 생각하고 있는 줄 알았네."

푸친은 마치 장난이라도 하는 듯 눈꼬리를 찢으며 바실례비치를 바라봤다.

하지만 푸친의 심기는 갈수록 나빠지고 있었다.

이러한 상황을 아는지 모르는지, 바실례비치는 자신의 생각을 이야기하였다.

"일반적으로 보면 분명 엄청난 금액이 맞습니다. 하지만 짜르의 생명과 모스크바의 안전, 더 나아가 조국의 안녕을 생각한다면 그 정도는 저렴하다 할 수 있습니다."

"아!"

푸친은 그제야 바실례비치가 무슨 말을 하려는 것인지 깨달았다.

한국이 개발에 성공한 스카이넷 시스템은 공격 무기가 아니었다.

단 한 번의 사용으로 수명이 끝나는 공격 무기의 가격이 20억 달러라면 그것은 그 누구도 구매하지 않을 것이다.

세계 최강의 이지스 구축함이라 불리는 알레이버크급의 건조비는 18억 달러가 조금 넘는다.

그런데 미사일 방어 체계 한 세트가 알레이버크급 이

지스 구축함의 가격보다 2억 달러 더 비싸다.

비록 당시 건조비와 지금의 가치가 다르니 뭐라 할 수는 없지만, 가격 면에서 스카이넷 시스템이 더 비싸다 할 수 있었다.

하지만 이지스 구축함 한 척이 나라의 운명을 좌지우지 할 수는 없다.

그러나 미사일 방어 체계인 스카이넷 시스템이라면 이야기가 달라진다.

수도 모스크바로 날아오는 적의 탄도미사일이나 핵미사일을 중간에 요격할 수 있다면, 러시아는 안심하고 적과 싸울 수 있고 승리를 가져올 것이다.

러시아는 적이 많은 나라였다.

가까이에는 유럽연합이 있고, 또 테러를 일삼는 체첸 반군이 있었다.

그리고 비교적 최근 국경분쟁을 한 우크라이나도 있었다.

수많은 적성국이 있는 러시아의 입장에서 스카이넷 시스템이란 미사일 방어 체계는 참으로 구미에 맞는 제품이었다.

하지만 한 세트에 20억 달러라는 가격은 러시아가 욕심을 내기에 결코 싸지 않았다.

그만큼 러시아의 재정이 좋지 못했기 때문이다.

"조국에는 무수히 많은 자원이 있습니다. 그것을 대가로 세 세트만 들여와도 모스크바를 필두로 주요 도시들은 충분히 방어가 가능합니다."

바실례비치는 자원의 개발권을 파는 동시에 방어 무기를 구매하자는 주장을 하였다.

그리 한다면 모스카바와 상트페테르부르크 같은 주요 도시들을 지킬 수 있다고 말이다.

사실 러시아의 전 국토를 지키기 위해서 자원을 판다면, 아무리 풍족한 러시아라 해도 감당이 되지 않았다.

아니, 지구상 그 어떤 나라도 러시아 전역을 미사일 방어 체계로 다 두를 수는 없을 것이다.

그만큼 러시아의 땅은 넓었다.

그러니 선택적 방어망을 구축해야만 한다.

"좋아. 그럼 바실리 자네가 이번 일을 맡아서 추진해 봐."

푸친은 바실례비치에게 전권을 일임하며 한국에서 개발한 미사일 방어 체계를 구매할 준비를 시작했다.

8. KACG—001 봉황의 취역식

충청북도 청주국제공항

수많은 사람들이 무언가를 구경하기 위해 잔뜩 모여
있었다.

이들이 공항에 집결한 이유는 세 달 전 사우디아라비
아에서 실전 테스트를 성공적으로 끝마친 미사일 방어
체계인 스카이넷 시스템의 HAPS가 공식적으로 운항하
는 날이기 때문이었다.

원래 한국은 HAPS의 운항을 공개하지 않고 배치하
려 하였다.

그도 그럴 것이, HAPS는 군이 운용하는 특급 기밀에 속하는 것이었기 때문에 비밀로 하려던 것이다.

하지만 무기란 것은 무조건적으로 숨긴다고 능사가 아니었다.

스카이넷 시스템과 같은 방어 무기의 경우 오히려 적극적으로 알리는 것이 더 좋은 효과를 만들어 낼 수도 있었다.

기술적 우위를 주변에 알림으로써 적성국들이 허튼 생각을 하지 못하게 만드는 것이다.

그동안 대한민국은 일명 독침전략이란 것을 수립하고 계속해서 이 독침을 갈고 닦았다.

상호확증파괴라고도 불리는 이 방법은 적대 관계에 있는 쌍방이 서로를 확실하게 파괴할 수 있는 전략을 세워 손해를 줄 수 있는 상태를 뜻한다.

즉, 우리를 공격하면 너희도 그만큼 피해를 각오해야 한다는 것이다.

대한민국은 이런 전략을 앞세워 국방비에 많은 예산을 쏟아부었다.

그런데 이제는 거기서 한걸음 더 나아가 무엇이든 뚫을 수 있는 창과 무엇이든 막아 내는 방패를 가리키는 이 두 단어를 대한민국 군이 보유하게 되었다.

대한민국 군이 보유한 탄도미사일과 순항 미사일은 핵이 탑재되지 않았음에도 월등한 사거리와 정확히 목표를 타격하는 능력을 가져 미사일 선진국에서는 핵에 비유할 정도로 위력이 강력한 무기였다.

때문에 한반도를 둘러싼 그 어떤 나라도 이젠 더 이상 대한민국을 함부로 할 수 없었다.

이러한 소식을 널리 알리기 위해 대한민국 정부는 이런 행사를 마련한 것이었다.

*　　　*　　　*

쿵쿵짝짝!

군악대의 경쾌한 행진곡이 울려 퍼지며 대통령이 타고 있는 차량이 청주국제공항 안으로 들어섰다.

대통령이 타고 있는 차량은 SH인더스트리에서 제작한 방탄 차량으로, 유명한 미국 대통령의 방탄차인 비스트를 능가하는 성능과 생존 기능이 탑재되어 있는 현존하는 최고의 차량이었다.

그리고 똑같은 차량 두 대가 앞과 뒤에 포진을 하고 있어 어느 곳에 대통령이 타고 있는지 알지 못하게 감추고 있었다.

와아!

그렇게 대통령이 타고 있는 차량이 보이기 시작하자, 공항 주변에 도열해 있던 청주 시민들과 이번 행사를 구경하기 위해 이곳으로 모여든 대한민국 국민들이 일제히 환호성을 질렀다.

국민들의 환호를 받으며 나타난 방탄차는 한참을 달려 공항 구석에 마련되어 있는 비행기 주기장으로 향했다.

주기장에는 점보기라 하는 초대형 항공기의 세 배는 되어 보이는 거대한 비행선이 주기되어 있었다.

그리고 이를 보는 사람으로 하여금 자신의 초라함을 느끼게 만들었다.

덜컹!

주기장에 도착하자 차에서 내린 대통령은 자신의 앞에 놓인 봉황 1호의 모습에 압도되었다.

'과연 저것이 정말로 공중에 뜰까?'라는 의문이 들 정도로 비행선은 너무도 거대한 위용을 내보이고 있었다.

"대통령님, 어서 오십시오."

수호와 SH항공의 관계자들은 대통령님이 오신다는 무전을 듣고 먼저 나와 기다리고 있었다.

그러곤 대통령이 차에서 내리자 잠시 기다렸다 인사를 건넸다.

"정 회장, 이번에도 엄청난 것을 만들어 냈군요."

정동영 대통령은 수호를 보고는 미소를 지으며 인사

를 받았다.

"모시겠습니다."

대통령이 도착하고 정부 인사들도 모두 모인 것을 확인한 수호는 앞장서서 안내역을 자청했다.

저벅! 저벅!

쌍동선 형태의 봉황 1호는 3중 선체 구조로 제작되어 성층권 극한의 환경에서도 내부의 운용 요원들을 안전하게 지킬 수 있게 설계가 되어 있었다.

뿐만 아니라, 혹시 있을 수 있는 비상사태를 대비한 탈출정이 인원수보다 조금 많게 실려 있기도 했다.

"이런 것까지 갖춰져 있다니 놀랍군요."

수호의 설명을 들으면서 내부 시설들을 살피던 정동영 대통령은 감탄을 자아냈다.

그도 그럴 것이, 지상에서 무려 45㎞ 상공에 떠 있는 비행선에서 사고가 발생하게 된다면, 그 안에 있는 운용 요원들의 목숨은 없는 것이나 마찬가지였다.

그런데 이렇게 탈출정이 있다면 안전을 도모할 수 있었다.

"이곳은 무기고입니다."

탈출정이 있던 곳에서 조금 걷다 보니 창고 공간이 보였다.

그곳에는 케이스에 봉인되어 있는 폭탄이 있었다.

공군에서 하루 전 가져다 놓은 것이었다.

"무기고가 있는 이유는 HAPS가 단순히 탄도미사일 요격 임무만 가지고 있는 것이 아닌, 고고도에서 적의 동태를 감시하다 전쟁이 임박했을 때, 공격의 임무도 함께 수행하기 때문입니다."

스카이넷 시스템을 단순한 미사일 방어로만 사용하지 않고, 보다 적극적인 무기 체계로 사용하기를 원하는 군의 요구에 뒤늦게 HAPS의 한쪽 구석에 폭탄과 보급품을 보관하는 무기고를 만들었다.

이는 수호가 판단하기에도 HAPS를 단순한 미사일 요격 플랫폼으로 사용하는 것보다 더 좋은 방법으로 보였다.

그래서 자신과 슬레인이 놓친 부분을 뒤늦게 깨닫고 수정한 것이다.

그리고 이를 들은 정동영 대통령도 아무런 말은 하지 않았지만, 고개를 끄덕이는 것만으로 만족감을 드러냈다.

"이곳은 HAPS의 운용 요원들이 생활할 공간입니다."

그다음으로 수호가 설명한 장소는 운용 요원들이 숙식을 하는 공간으로서 장기간 동안 성층권 상공에서 생활을 해야 하기에 각종 편의 시설이 모두 갖춰져 있는 곳이었다.

"호! 영화관도 있는 것입니까?"

정동영 대통령은 주거 공간 한쪽에 있는 100인치 모니터를 보며 물었다.

"예. 보시다시피 이곳은 넓다고는 해도 폐쇄된 공간이지 않습니까?"

수호는 특수부대에서 근무한 경험이 있어서인지 실무자들이 힘들어 하는 부분을 정확히 파악하고 이를 개선하기 위해 노력했다.

실제로 HAPS는 아무리 거대해도 결국 폐쇄된 공간이기에 장시간 있다 보면 건강한 사람도 정신병을 얻을 수 있었다.

그래서 이를 해결하기 위해 수호는 곳곳에 운용 요원들이 편하게 여가를 즐길 수 있는 시설들을 설치해 두었다.

만약 HAPS를 군에 의뢰하여 설계했다면, 아마도 이런 생각을 하지 못하고 그저 효율적으로 공간을 사용하는 것에만 급급한 설계를 했을 것이다.

하지만 HAPS의 설계는 군인이 아닌 슬레인의 주도로 만들어졌다.

수호의 의견을 적극 반영하는 슬레인이기에 이렇게 쾌적한 공간이 나올 수 있었다.

"그렇지요. 단절된 공간에서 장시간 생활하게 된다면 분명 그것에서 오는 스트레스로 인해 병을 얻을 수도 있지요."

수호의 설명을 들은 정동영 대통령은 이야기에 귀를 기울이며 그 말이 타당하다 생각해 맞장구를 쳤다.

그렇게 수호와 정동영 대통령, 그리고 정부 인사들이 봉황 1호의 내부를 살피고 있을 때, 이들과 함께한 방송 카메라는 열심히 이 장면을 외부로 송출하였다.

물론 일부 시설에 관해서는 사전 양해를 구하고 촬영하지 않았다.

군에 관련된 기밀이 들어 있는 곳이었기 때문이다.

이를 제외한 모든 공간은 TV를 통해 전국에 중계되고 있었다.

'이게 배야, 우주선이야?'

KBC의 기자인 최동수는 HAPS(봉황 1호)의 내부를 걸으며, 경악을 금치 못했다.

그는 KBC의 간판 기자로, 해군의 최신 군함에도 올라가 보고, 공군의 대형 수송기에도 들어간 적이 있었다.

또 미국에 파견되었을 때는 기회가 있어 미국의 주력 항모인 로널드 레이건 호에도 탑승해 보았다.

하지만 그 어떤 것도 지금 그가 보고 있는 것보다 대

단하다는 느낌을 받지 못했다.

봉황 1호의 내부를 살피는 동안 자신이 SF 영화에 나오는 거대 우주 전함에 타고 있는 듯한 기분을 느꼈기 때문이다.

영화 속 주인공이라도 된 듯한 상황에 문득 어린 시절 잃어버린 동심을 찾은 것 같아 기분이 들뜨기 시작했다.

그런데 그런 감상을 느끼는 것은 비단 최동수 기자만이 아니었다.

SBC에서 나온 박은영 기자나 MBS에서 나온 손성희 기자 역시 마찬가지였다.

다만, 이들이 마냥 들뜨지 못하는 것은 봉황 1호의 실내 곳곳에서 날카로운 눈빛으로 방문객들의 행동을 주시하고 있는 군인들의 눈빛 때문이었다.

그들은 자신이 배치된 봉황 1호가 어떤 목적으로 제작되었으며, 앞으로 어떤 임무를 해야 할지 철저한 교육을 받았다.

때문에 오늘 행사에 스파이가 들어와 기밀을 탈취할지도 모른다고 생각하며 매 순간 긴장을 늦추지 않았다.

*　　　*　　　*

미국 워싱턴 D.C 1번지

존 바이드 대통령은 자신의 집무실 안에 설치된 TV를 쳐다보고 있었다.

그리고 그의 주변으로 미국의 안보를 책임지고 있는 NSC 위원들이 자리하여 함께 그것을 보았다.

"상당하군."

TV화면을 주시하던 존 바이드 대통령은 자신도 모르게 중얼거렸다.

"알아보니 길이가 230m에 폭은 180m 높이 98m라고 합니다."

조나단 샌더슨 CIA 국장은 자신이 알아낸 봉황 1호의 제원에 대해 이야기하였다.

그런 그의 이야기에 이를 듣고, 존 바이드 대통령과 NSC 위원들은 하나 같이 경악을 금치 못했다.

그 정도면 미국이 보유한 제럴드 R 포드급 항공모함보다 길이는 100m 정도 짧지만 폭은 2.5배 정도 더 크고, 높이도 10m 정도 더 높았다.

그 말은 덩치가 더 거대해 보인다는 말이나 다름이 없었다.

"저게 뜨기는 할까?"

자리에 있던 자들 중 누군가가 의문을 표했다.

하지만 해당 의문에 대한 답은 얼마 지나지 않아 자연스레 알 수 있었다.

저 거대한 물체가 뜨는 것은 물론이고, 생각보다 상당히 빠르다는 사실을 말이다.

"어 어!"

화면 가득 봉황 1호가 공중으로 떠오르는 모습이 보이자, 이를 지켜보던 사람들은 그 장면에 너무 놀라 그것을 가리키며 입을 다물지 못했다.

자신을 위협하는 것도 아니건만, 이를 지켜보는 사람들은 왠지 모를 위압감을 느낄 수밖에 없었다.

* * *

거대한 동체를 가진 봉황 1호가 공중으로 떠올랐다.

그리고 천천히 청주국제공항 국내 터미널 앞으로 날아와 그 위용을 뽐냈다.

와아!

활주로가 보이는 터미널 앞에 운집해 있던 사람들은 그 모습을 보며 환호성을 질렀다.

저 멀리 주기장에 있을 때도 그 크기에 놀라웠는데, 점점 가까이 날아오자 하늘을 가리는 압도적인 사이즈에 흥분하여 환호하는 것이다.

더욱이 대한민국 사람들 중 세계 최초, 혹은 세계 제일 같은 단어를 싫어하는 사람은 아무도 없었다.

그리고 지금 그들의 보고 있는 것은 그들의 욕구를 충족시켜 줄 수 있는 세계 최초로 탄도미사일까지 요격하는 미사일 방어 체계의 완성체였다.

"대한민국 국민 여러분, 지금 보시는 것은……."

환호하는 사람들 사이, 뉴스 특파원으로 보이는 자들이 봉황 1호가 날아오는 모습을 보며 입을 멈추지 않고 있었다.

그리고 그 주변에 있던 사람들은 흥분하며 함성이 아닌, 고함을 질러 댔다.

한편, 아직 봉황 1호에 탑승하고 있던 대통령 일행과 수호는 조종실 앞에서 국민들이 환호하는 모습을 지켜보았다.

"나는 해군의 군함 취역식도 참석해 보았지만, 이처럼 국민들이 환호를 하는 것은 처음이네. 정말이지 말로 형언할 수 없는 감격이 밀려드는군."

정동영 대통령은 물밀 듯 들어오는 감격에 겨워 이야기를 하였다.

원래 프로토타입이던 봉황 1호는 취역식 없이 바로 실전에 투입될 예정이었다.

하지만 군 관계자들은 물론이고, 정부에서도 국민들

에게 알리는 것이 더욱 좋을 것 같다는 의견을 제시했다.

이에 수호도 어쩔 수 없이 그 의견에 따랐다.

솔직히 이미 SH항공의 격납고에는 봉황 2호와 봉황 3호도 완성되어 있었다.

하지만 두 기체는 대한민국이 아닌 사우디아라비아와 UAE에 납품할 기체였다.

그렇기에 대한민국 정부는 봉황 1호를 대대적으로 홍보하는데 사용하는 것이었다.

또한 오늘 봉황 1호의 취역식에 사우디아라비아와 UAE에서 특사를 파견하려고 하였지만, 정부에서는 이 례적으로 이를 정중히 거절했다.

원래 이런 규모의 행사는 외국의 많은 귀빈들을 불러 크게 행사를 하는 것이 보통이었다.

하지만 이번만큼은 특별히 정부 인사와 국민들만으로 행사를 치르기로 한 것이다.

그래서 그런지 이번 봉황 1호의 취역식에는 외국 사람들의 모습이 많이 보이지 않았다.

그저 공항 터미널에 운집한 사람들 속에 흰 피부에 노란, 혹은 붉은 머리를 한 사람이나, 검은 피부에 짧은 곱슬머리를 한 이들이 많이 종종 보일 뿐이었다.

그리고 동양인으로 보이기는 해도 한국인과는 차이가

있는 아시아인들 또한 간간히 보이곤 했다.

그들이 어디에서 왔는지 빤하지만, 한국인들은 그런 것에는 신경 쓰지 않고 그저 자신의 앞에 보이는 웅장한 크기의 봉황 1호의 모습에 환호를 보낼 뿐이었다.

＊　　　　＊　　　　＊

대한민국 최초의 공중 군함으로 명명 받은 봉황 1호는 군으로부터 KACG—001 봉황이란 정식 제식 번호를 부여받았다.

직역하자면 Korea Air Cruiser Guided라는 뜻이었다.

여기서 특이한 점이 하나 있는데, 바로 순양함을 뜻하는 Cruiser라는 단어가 들어가 있다는 사실이었다.

그도 그럴 것이, 대한민국 군은 건국 이례 단 한 번도 순양함을 가져 본 적이 없었다.

게다가 봉황이 하는 임무는 초계함에 더 가까운 것이었다.

그런데도 순양함의 이름을 가져다 붙였다.

이는 대한민국 군이 KACG—001 봉황을 단순하게 탄도미사일의 요격용으로만 사용하지 않겠다는 포부를 나타낸 것이라고 할 수 있었다.

울트라 코리아

또한 봉황의 초대 함장으로 손일원 대령을 임명한 것 역시 그 포부의 일환으로 진행된 일이었다.

손일원 대령은 대한민국 해군의 아버지라 불리는 손원일 장군의 증손자였다.

대한민국 해군사에 이름을 알린 손원일 장군은 그 이름을 기리기 위해 대한민국 214급 잠수함의 함명으로 명명되기까지 한 명장이었다.

물론 말도 많고 탈도 많은 잠수함이기는 해도 대한민국 해군 사상 최초로 AIP(공기 불요 추진 시스템)를 장착한 잠수함이었다.

기존의 209급은 잠항을 하기 전에 축전지를 충전하기 위해서 해상으로 부상을 하거나 스노클을 늘여 엔진에 공기를 주입해야만 했다.

하지만 214급은 스노클을 늘이지 않아도 AIP로 전기를 충전해 보다 오랜 기간 잠항을 할 수 있게 되었다.

이렇듯 특별한 의미를 가지는 이름의 후손으로서 손일원 대령도 증조부의 뜻에 따라 해군에 입대하여 조국 수호에 이바지하였다.

그에게 한 가지 꿈이 있다면 퇴역 시기가 되기 전에 증조부의 이름이 새겨진 214급 1번함인 손원일함의 함장이 되는 것이었다.

하지만 그런 그의 뜻과는 다르게 손일원 대령은 새롭

게 개편된 통합군(우주군)의 1번함인 KACG―001 봉황의 함장이 되었다.

대한민국 군은 군 어디에도 속하지 않는 새로운 편대의 등장으로 인해 많은 고민을 했다.

항공기라 부르기에는 그 형태나 운용 방식이 너무도 다르고, 그렇다고 육군이 운용하는 무기 체계와는 완전히 동떨어져 있으며, 그나마 비슷한 것이 해군의 잠수함이었다.

하지만 그 활동 영역이 바다나 심해가 아닌 대기권 위의 성층권이기에 주무 담당을 정할 수가 없어 매우 애매했다.

그래서 생각해 낸 것이 미국을 따라한 우주군이다.

KACG―001 봉황이 우주 영역에서 활동하는 것은 아니지만, 어찌 되었든 그 경계에서 운용하는 것은 맞기에 이참에 삼군(육, 해, 공)의 일부를 통합해 우주군을 창설했다.

즉, 대한민국은 이젠 삼군이 아닌, 사군(육, 해, 공, 우주)이 되었으며, 해병대의 경우 해군과 우주군으로 나뉘어 편입되었다.

아무튼 손일원 대령은 자신의 뜻과는 상관없이 우주군으로 전출되어, 대한민국 최초 KACG―001 봉황의 함장으로 임명이 되었다.

하지만 그 역시 지금은 조용히 봉황의 취역식을 지켜보는 중이었다.

'흠, 아직까진 별문제 없군.'

손일원 함장은 함선 곳곳을 살피며 질문을 하는 대통령과 정부 요인들을 보곤 조금씩 안정을 찾아갔다.

비록 자신의 뜻과 다르게 전출되었다고는 해도 그렇게 큰 불만은 없었다.

아니, 처음에는 듣도 보도 못한 우주군이라는 소리에 깜짝 놀라기도 했다.

대한민국에 우주군이 말이나 되는 소리란 말인가.

솔직히 자신을 허울뿐인 자리로 쫓아내는 거라는 생각마저 들었다.

심지어 당시 전역할 생각을 하기도 했다.

그나마 자신과 함께 근무하던 부하들이 같이 소집되었기에 버틸 수 있었다.

그런데 막상 우주군으로 전입 와서 보니 이는 처음 명령을 받았을 때보다 더한 충격을 받을 수밖에 없는 상황이었다.

세 달 동안 비밀리에 적응 훈련과 KACG—001 봉황의 운용에 대해 교육을 받는 와중 놀란 것이 한두 번이 아니었다.

그리고 군의 최종적인 목표를 들었을 때, 또 SH항공

이란 곳이 어떤 것을 준비 중인지 대략적으로 설명을 들었을 때, 손일원 함장은 자신의 꿈을 새롭게 바꾸기 시작했다.

증조부의 뜻을 따라 해군에서 조국을 수호하겠다는 마음을 먹은 스무 살의 청년은 이제는 40대가 되어 새롭게 뜻을 세웠다.

그리고 그 첫걸음이 바로 오늘이었다.

조종실 메인 스크린에 보이는 환호하는 국민들의 모습을 보니 가슴이 웅장해지는 느낌을 받았다.

                    *   *   *

스피커를 통해 흥겨운 군악대의 연주 소리가 사방에 울려 퍼지는 와중.

화면을 통해 이를 보고 있는 사람들 중 일부의 표정에서 짜증이 물씬 풍기고 있었다.

그도 그럴 것이, 지금 들리는 군악대의 연주는 자신들을 위한 것이 아닌, 어떻게 보면 적이라 할 수 있는 타국을 위한 것이었기 때문이다.

그리고 그중 유독 표정을 구기고 있는 사람이 있는데, 그 사람의 정체는 바로 중국공산당의 총서기이자 국가 주석인 진보국이었다.

그는 날로 심각해지는 한중 관계로 인해 스트레스가 이만저만이 아닌 상태였다.

예전에는 작은 기침만 해도 몸을 낮추던 한국이 이제는 G2인 자신들과 맞먹으려고 할 뿐더러 이에 중국으로부터 일을 똑바로 하라는 질책 섞인 공문이 하루를 멀다하고 자신에게 찾아왔다.

거기에 국내 문제도 심각해져 인민들이 불만이 이만저만이 아닌 상황이었다.

중앙정부의 지시에 잘 따르는 동북삼성의 조선족과 다르게 북쪽 내몽골 지역의 몽고인들이나, 서쪽의 신강 위구르 자치구, 그리고 서장의 티베트 자치구에서는 연일 시위와 테러로 인해 혼란이 일고 있었다.

특히나 신강 위구르 자치구의 경우, 그 상황이 너무도 심각해 거의 내전 상황이나 다름없었다.

기존 위구르 인들이 어디서 난 것인지 알 수 없는 중화기로 무장하고 인민 해방군을 습격하는 일이 잦아졌으며, 이슬람 테러 조직도 그 사이에 껴서 공격을 자행했다.

그래서 중국공산당은 국내 혼란을 외부로 돌리기 위해 영토 분쟁을 하고 있는 일본과 날로 성장하고 있는 한국을 언론을 이용해 때려 댔다.

처음에는 자신들의 의도대로 인민들의 관심이 일본

쪽으로 흘러갔다.

그들은 일본 제품 불매운동이나 관광을 하면 안 되는 나라로 선정되며 자신들의 충성심을 뽐냈다.

하지만 이후 한국과의 문제에서만큼은 제대로 된 성과를 나타내지 못했다.

그도 그럴 것이, 오래전부터 인민 속에 자리 잡은 한국 드라마와 노래 등으로 인해 이미 수많은 인민들이 한국 문화에 빠져 있었기 때문이다.

그래서 게임이나 K—POP에 대한 규제를 강화하며 외국 문화와의 접촉을 최대한 막았다.

뿐만 아니라, 공산주의 사상 교육을 강화해서라도 인민들의 정신이 한류에 물들지 못하게 막아 보았지만, 소용이 없었다.

이미 한류에 빠져 버린 젊은 인민들은 더 이상 눈 가리고 아웅 하는 식이 통하는 무지한 자들이 아니었다.

수많은 매체를 접하며 자신들의 생각으로 결정을 내릴 수 있는 정신적 성장이 완료되어 있었다.

그러다 보니 오히려 강압적인 공산주의 사상 교육은 독이 되어 혼란을 가중시켜 버렸다.

그러던 와중 한국에서 엄청난 사건이 일어났다.

얼마 전 휴전선에서 북경까지 포격이 가능한 초장거리 포를 발표하더니, 이번에는 탄도미사일을 요격할 수 있는 괴물을 개발했다는 것이 아닌가.

그동안 중국은 한국이 기어오를 때마다 북한을 부추겨 미사일로 위협하며 정국을 주도했다.

하지만 한국에서 탄도미사일을 요격할 수 있는 수단이 만들어졌으니, 더 이상 통하지 않게 될 것이 분명했다.

그저 말로만 떠드는 것이라면 압도적인 미사일 전력으로 이를 무시할 수도 있었을 것이다.

그런데 한국은 당당히 실전에서 자신들이 한 말을 입증했다.

예멘의 후티 반군이 기습적으로 쏘아 올린 미사일과 로켓 등을 너무도 간단하게 막아 버린 것이다.

이는 미국은 물론이고, 자신들도 막대한 예산을 들여 연구하던 요격 시스템의 완성형처럼 보였다.

고 에너지, 즉, 레이저 빔을 이용한 미사일 요격은 오래전부터 자신들도 개발을 위해 노력하고 있었다.

심지어 미국에 유학을 하고 있는 중국인 유학생이나, 체류 중인 중국인들을 이용해 부족한 것을 은밀히 빼내기도 했다.

하지만 결과적으로 모두 실패하고 말았다.

천문학적인 예산과 인력을 동원해도 현재의 기술력으론 도무지 실현이 불가능했다.

그런데 자신들보다 한 수 아래라 평가하던 한국에서 그것을 성공하고 말았다.

그때 받은 충격을 생각할 때면 진보국은 밤에 잠이 오지도 않았다.

대국에서 엄청난 거금을 들이고 무수히 많은 과학자들이 달려들었는데도 실패한 것과 다르게 한국은 겨우 일개 기업이 이를 성공한 것이다.

국가의 지원은 물론 과학자들이 자신처럼 많은 것도 아니면서 말이다.

이에 진보국은 주레이신 국가안전부 국장을 시켜 자세한 정보를 가져오라 지시를 내렸다.

그렇지만 어찌된 영문인지 명령을 내린지 몇 달이 지나도 아직까지 감감무소식이었다.

"주 국장!"

"예!"

"내가 저것에 대한 정보를 가져오란 것이 언제인데, 어째서 아직까지 아무런 보고가 없는 건가!"

느닷없는 호통에 주레이신은 바짝 긴장하였다.

하지만 그라고 할 말이 없는 것은 아니었다.

"정보를 취득하기 위해 갖은 방법을 모두 동원해 보았지만, 한국에 침투한 요원들은 모두 실종되었습니다."

굳은 표정의 주레이신 MSS 국장 역시 한국에 파견을 보내기만 하면 사라지는 요원들로 인해 스트레스가 이만저만이 아니었다.

더욱이 독재자나 다름이 없는 진보국의 명령이기에 요원들이 실종되었다고 그만둘 수도 없었다.

그 때문에 연락이 끊기면 또 다시 스파이를 보내는 악순환이 계속되고는 있지만, 벌써 사라진 요원만 열 명이 넘어가고 있어 이러다간 동아시아 정보망이 망가질 위기에 처해 있었다.

인구만 10억이 넘는 중국에서 스파이 열 명이 무슨 대수인가 싶겠지만, 다른 국가에 그냥 아무나 데려다 놓는다고 활동을 할 수 있는 직업은 아니었다.

스파이는 우선 국가와 조직에 맹목적인 충성심이 있어야만 했다.

그리고 우수한 두뇌를 가지며 모든 교육에서 뛰어나야지만 스파이로서 활동할 수 있는 것이다.

그러기 위해선 최고의 인재에게 최고의 교육을 시켜야 했다.

뿐만 아니라, 언제 어느 때든 당황하지 않고 순발력 있게 임기응변을 발휘하여 임무를 완수해야 하기에 요원, 즉, 스파이를 양성하는데 많은 시간과 노력이 필요했다.

그렇기에 스파이 한 명을 키우는데 들어가는 비용은 일반적인 엘리트를 교육시키는 비용의 몇 배나 많은 금액이 들어갔다.

특히나 요즘처럼 미국과 첨예하게 대립하고 있는 상태에서 그들 한 명, 한 명의 실종은 주레이신에게 있어 엄청난 타격이었다.

이대로 가다가는 미국에 있는 요원들을 빼서 한국으로 보내야 할지도 몰랐다.

어떻게든 주석의 명령을 수행해야 했기 때문이다.

그런데 그러기도 전에 진보국 주석의 호통이 들려왔다.

아직까지 임무를 완성하지 못한 것에 대한 질책이었다.

"내가 한 명령이 그렇게 어려운 일이었나?"

진보국 주석의 입장에선 세계 최강 미국도 아닌, 고대로부터 자신들의 아래라 평가받던 반도의, 소국의 일이었다.

하지만 자신이 지시를 한 지 몇 달이 지났음에도 아무런 진척이 없는 것에 화가 났다.

아니, 정확하게는 그것 때문에 화가 났다기 보단 국내의 혼란을 외부로 돌리려던 자신의 계획이 틀어진 것에 대한 분노였다.

"음, SH에 파고드는 것은 미국 펜타곤에 침투하는 것보다 더 어려운 일입니다."

주레이신은 결국 속에 숨기고 있던 생각을 입에 올리고 말았다.

계속해서 받아 온 스트레스와 조금 전 진보국 주석이 자신에게 내보인 분노로 인해 상황 판단력이 흐려진 것 때문이었다.

자칫 이대로 있다가는 숙청될지도 모른다는 생각에 그만 선을 넘어 버렸다.

탕!

"뭐야? 겨우 소국 따위를 상대로 뭐가 그리 어렵다는 것인가!"

자신의 말에 반기를 드는 주레이신 MSS 국장의 대답에 화가 난 진보국은 앞에 놓인 탁자를 내리치며 호통을 쳤다.

"한국은 더 이상 소국이라 할 수 없습니다."

이미 흘린 물을 다시 담을 수 없다 판단한 주레이신은 급기야 숨기고 있던 정보들을 하나둘 털어놓기 시작했다.

지금까지 중국이 한국을 영토가 작다는 이유로, 인구가 적다는 것 때문에 낮잡아 본 것은 사실 그 내면에 있는 열등감을 감추기 위함이었다.

자신들보다 발달된 기술을, 세계에서 으뜸가는 문화를, 꺾이지 않는 정신을 가지고 있다는 사실에 대한 두려움과 동경을 말이다.

진실은 잔인하고 고통스러운 것이다.

"비록 국토의 크기나 경제 규모 면에서 우리 중화와 비교할 수 없을 정도로 작지만, 한국은 절대 소국이라 할 수 없는 나라입니다."

이 자리에 있는 관료들이 이러한 사실을 몰라서 언급하지 않는 것은 아니다.

다만, 한국을 인정하게 되면 자신들이 너무도 초라해질 것 같아 애써 외면해 오던 것일 뿐이다.

"성산, 대현 등으로 대변되는 일류 기업이 한국에는 무수히 많습니다. 거기에……."

주레이신이 한 번 입을 열기 시작하자, 그의 입은 멈추지 않았다.

어떻게 들으면 마치 한국을 찬양하는 듯 들리는 말이기에 이를 듣고 있는 진보국이나 상무위원들의 표정은 그리 좋지 못했다.

"러시아에 있는 요원에게서 들어온 정보에 의하면 러시아가 파워 슈트를 빔펠과 알파 그룹의 특수부대에 지급했다고 합니다."

주레이신이 언급한 빔펠이나 알파 그룹은 러시아의

대테러 전문 부대로서 알파 그룹은 내무부 소속의 대테러 진압 부대이고, 빔펠 그룹은 대외 공작 전문 부대로, 하는 일은 사실 대동소이한 부대였다.

다만, 하는 일이 진압이냐, 공격이냐의 차이일 뿐이었다.

그런 부대에 파워 슈트라는 공상 과학에나 나올 법한 장비가 주어졌다.

이런 소식을 처음 들은 진보국의 두 눈이 커졌다.

지금 이 시기에 러시아의 파워 슈트를 언급한 것이 뭔가 이상했기 때문이다.

"설마 그것도 한국에서 개발되었다는 것은 아니겠지?"

하지만 들려온 대답은 진보국의 기대를 저버렸다.

"러시아뿐만 아니라 미국도 특수부대 역시 파워 슈트를 보급하고 있다고 합니다. 또…….."

주레이신의 말은 그걸로 그치지 않았다.

"서부전구에서 벌어지고 있는 일도 어쩌면 파워 슈트가 연관되어 있을 수도 있습니다."

주레이신이 서부전구에서 벌어지고 있는 일에 대한 정보를 취합하는 과정에서 쉬이 믿기 힘든 증언들이 보이곤 했다.

바로 인민 해방군 부대를 습격하는 무장 조직들의 움

직임이 이상하다는 것이다.

별다른 도움 없이도 2층 높이의 건물들을 뛰어넘는다던가, 총에 맞았으면서도 아무런 반응 없이 반격을 하는 등, 일부 테러 조직들은 상식을 뛰어넘는 전투력을 보유하고 있다는 얘기였다.

물론 총이야 성능 좋은 방탄복을 입으면 충분히 그럴 수도 있다.

하지만 2층 높이를 뛰어넘는 것은 상식적으로 받아들이기가 힘들었다.

그래서 처음에는 기습을 당하고 큰 피해를 입은 병사들이나 간부들이 자신들의 잘못을 면피하기 위해 과장을 하거나 헛소리를 하는 것이라 판단했다.

그런데 러시아나 미국에서 들어오는 정보를 듣다 보니 병사들의 증언이 마냥 허무맹랑하게 들리지 않기 시작했다.

그렇지만 가능성이 있다고 해서 이를 진보국 주석에게 보고할 수는 없었다.

그도 그럴 것이, 그러면 파워 슈트의 출처가 어디냐는 문제가 남아 있었기 때문이다.

세계 최강 미국이라 하기에는 미국의 적이라 할 수 있는 러시아도 파워 슈트를 특수부대에 보급을 하고 있기에 쉽게 판단할 수가 없었다.

그렇다고 그 반대의 경우도 있을 수 없는 경우이기에 주레이신은 보고를 하지 않았다.

그런데 이렇게 몰리다 보니 주레이신은 문득 한국이 파워 슈트도 개발한 것일지도 모른다는 의심이 들기 시작했다.

물론 이것은 소 뒷걸음질에 쥐 잡은 경우이지만, 그의 그런 의심은 정답과 매우 근접했다.

9. 일본과 북한의 움직임

미국, 중국, 러시아가 KACG—001 봉황의 취역식을
보면서 심각한 고민을 하고 있을 때, 대한민국의 바로
옆 나라인 일본에서는 생각보다 그리 크게 뉴스 보도가
되지 않고 있었다.

 비록 크루져라는 순양함의 함선 넘버를 부여받기는
했지만, 그 용도가 공격을 위한 전투함이 아니라, 방어
무기 체계인 스카이넷 시스템과 한 세트이기에 걱정할
이유가 전혀 없다고 생각한 것이다.

 또 다른 이유는 바로 그들의 열등감 때문인데, 탄도
미사일 요격 체계를 대한민국에서 세계 최초로 완성했

다는 것을 자국민들에게 알리고 싶지 않아 했다.

　이는 언제나 자신들보다 못한 이등 국민, 혹은 이등 민족이라 폄하하던 한국인이 자신들보다 우수하다는 것을 도저히 인정하고 싶지 않던 일본 정부와 우익들이 벌이는 어처구니없는 행동이었다.

　그렇다고 일본에는 파렴치한 사람들만 존재하는 것은 아니었다.

　일부 깨어 있는 자들은 과거의 잘못을 사과하고 반성하여 동북아에 새로운 질서를 이루어야 한다고 목소리를 내곤 했다.

　물론 그러한 주장은 일본의 기득권인 민족주의자들과 우익 인사들로 인해 아직까지 작은 목소리에 불과했다.

　하지만 올바른 정신을 가진 일본인이 모두 죽은 것은 아니었다.

　"가쓰오 장관, 언론 연합에는 잘 통보했지요?"

　새롭게 일본의 총리대신이 된 이토 히로시 총리는 굳은 표정으로 관방장관인 가쓰오 타카요시를 보며 물었다.

　"하이, 모두 불러서 총리대신의 의견을 전달했습니다."

　가쓰오 타카요시 관방장관은 총리대신 이토 히로시에게 고개를 숙이며 답했다.

이토 히로시 총리대신은 내각정보조사실로부터 현재 한국에서 벌어지고 있는 일에 대한 세세한 정보를 보고 받았다.

사실 보통의 관계라면 취역식에 초청을 받지 않았다 해도 대사관을 통해 축하를 하는 것이 기본이다.

하지만 이토 히로시 총리대신은 아무런 반응도 없을 뿐더러 오히려 일본의 언론 연합을 통제하며 한국에서 일어나는 일에 대한 정보를 감췄다.

이는 손바닥을 들어 하늘을 가리는 행위이지만, 이토 히로시 총리대신은 전혀 거리낌이 없었다.

일본이 아직도 컴퓨터의 자급률이 OECD국가 중 하위에 불과하다고 하지만, 그래도 인터넷 보급률이 낮지는 않았다.

다시 말해 국경이 없는 인터넷을 통한다면 한국에서의 KACG—001 봉황의 취역식이 일본 내에 알려지는 것은 시간문제에 불과했다.

하지만 이토 히로시 총리를 비롯한 내각은 눈을 감고 귀를 닫은 채 국민을 기만했다.

참으로 앞을 내다보지 못하는 정책이 아닐 수 없었다.

일본 정부는 항상 그래 왔다.

날로 위협해 오고 있는 중국에 맞서기 위해선 이성적

인 판단을 해야만 하는 상황임에도 불구하고 자신들의 체면, 혹은 열등감 때문에 악수를 두곤 했다.

실제로 2019년 일어난 한일 무역 분쟁도 정치계에서 일어난 일을 보복하겠다는 이유 하나만으로 일본 내 기업가들에게 한국에 물건을 수출하지 말라는 명령을 내렸다.

자본주의 사회에서 제일 피해야 하는 정경 유착을 적나라하게 세계에 보인 것이다.

이 일로 인해 일본의 평판은 바닥으로 떨어졌다.

같은 자본주의 국가에서는 정부가 기분 나쁘다고 언제든 약속을 어길 수 있는 신의 없는 국가라는 평을 얻고, 공산주의 국가들은 저런 게 자본주의의 민낯이라며 비난했다.

반면, 그런 수출규제의 대상이 된 한국은 정작 아무런 피해가 없다시피 했다.

물론 규제 초반에야 자재 부족으로 곤혹을 겪기는 했다.

하지만 필요한 자재를 러시아나 독일 등에서 수입하기 시작하고, 한국 내에서도 자체적으로 생산하기 시작했다.

또한 한국 내에서도 일본 제품 불매운동이 생기자, 애초에 수출로 벌어들이는 수입이 더 크던 일본은 더욱 큰 피해를 입었다.

때문에 일본은 미국에 중재 요청을 하기 위해 로비를 했다.

그러나 미국은 신뢰를 먼저 깬 일본이 한발 물러서라는 답변만 내놓을 뿐이었다.

그렇게 일본의 전략은 실패로 돌아간 것이다.

게다가 일본은 현재 중국과 센카쿠 열도를 두고 영유권 분쟁을 하고 있는 중이다.

그리고 미국, 인도, 호주와 함께 쿼드를 구상해 중국의 대양 진출을 막고 있었다.

또한 쿠릴 열도를 두고 러시아와도 영토 문제로 갈등을 만들고 있는 것이 일본의 현실이다.

비록 한국과 독도를 두고 자국의 영토라 주장을 하면서 분쟁거리를 만들고 있지만, 그것을 차치하더라도 일본은 여러모로 곤궁한 처지였다.

그런 처지에 한미동맹, 그리고 미일동맹으로 묶여 있으면서도 이렇게 첨예하게 대립각을 세우는 것은 일본에 전혀 도움이 되지 않다는 것을 여러 일본 내 학자들이 발표했다.

그런데도 아직도 이렇게 한심한 정책을 펼치고 있는 것이 안타까울 뿐이었다.

"그래… 그런데 조사하라고 지시한 것은 어떻게 돼

가고 있나?"

약 한 달 전 이토 히로시는 총리대신으로 취임을 하면서 관방장관인 가쓰오에게 한 가지 밀명을 내렸다.

그것은 바로 몇 년 전에 심장마비로 죽은 하시모토 켄의 죽음에 대한 조사였다.

당시 하시모토 켄 의원은 차기 총리 후보로 거론이 되던 사람이었다.

즉, 이토 히로시 본인의 라이벌이란 소리였다.

하지만 강력한 라이벌이 심장마비로 사라지자, 그 자리에는 유일한 후보가 된 이토 히로시가 앉게 되었다.

그러다 보니 각계에서 많은 의혹이 쏟아졌다.

총리 자리를 확고히 하기 위해 강력한 라이벌인 하시모토를 암살한 것이라는 내용이었다.

물론 이토 히로시 역시 그런 마음이 없진 않았지만, 하시모토 켄이 사라지면 가장 먼저 의심받을 사람은 자신이기에 그런 일을 벌이지 않았다.

그리고 당시에는 의심을 피하기 위해 조용히 있었지만, 총리의 자리에 앉으니 또 다시 수면 아래로 들어간 의혹이 불거져 나왔다.

그러한 의혹을 일소하기 위해 이토 히로시 총리는 당시 사건에 대해 재조사를 지시했다.

자신에게 불만을 가진 세력이 없진 않기에 혹시나 싶

은 마음에 관방장관이 가쓰오 타카요시에게 몰래 부탁한 것이다.

그런데 한 달이 지났건만 아직까지 아무런 보고가 올라온 적이 없었다.

"그것이… 당시 내부 문제로 인해 당에서 신속하게 처리를 하는 바람에 자료가 남아 있지 않아 조사를 하는데 어려움이 많습니다."

가쓰오 관방장관은 죄송스러운 마음으로 고개도 들지 못했다.

조사가 미흡해 변명 말고는 아무런 대답을 할 수 없었기 때문이다.

"그게 무슨 소린가? 당에서 사건을 처리하다니?"

이토 히로시 총리는 놀라 두 눈을 동그랗게 뜨며 물었다.

하시모토 켄은 단순한 의원이 아니다.

자민당 내 최대 파벌인 신조파의 차기 주자였으며, 왕실과도 인연이 깊은 가문 출신에다가, 일본 우익을 대표하는 인물이었다.

그러하기에 이토 히로시도 하시모토 켄과 라이벌이면서도 자부심을 가지고 있을 정도였다.

그런데 그런 인물이 하루아침에 심장마비로 죽었다는 것이 믿기지 않았다.

아니, 그것은 전형적인 정적 제거의 방법이기에 가장 먼저 의심을 받았을 정도여서 자신이 범인이 아님을 적극 해명해야만 했다.

그런 하시모토 켄 의원의 사고 처리가 당내 고위층에 의해 은폐 및 빠른 수습으로 자료가 남아 있지 않다는 게 대체 무슨 소리란 말인가.

"그게 대체 무슨 말이야!"

너무도 화가 난 이토 히로시 총리대신은 급기야 큰 소리로 호통을 쳤다.

자신이 의심받는 것에서 벗어날 수 있는 유일한 길인데 애초에 진입조차 못한 것이다.

쿵쿵쿵!

그렇게 이토 히로시 총리가 분을 참지 못해 고함을 지르고 있을 때, 누군가 테이블을 두드리는 소리가 울렸다.

"뭐야!"

자신이 있는 자리에서 누군가가 무례한 행동을 하자, 더욱 화가 난 이토 히로시 총리가 소리쳤다.

"날세."

그때 회의실에 조용히 앉아 있던 카나기 요시무라가 조용히 입을 열었다.

그런 그의 목소리에 얼굴을 붉히며 화를 내던 이토

히로시가 조심스럽게 그를 돌아보았다.

죽은 하시모토와는 다른 의미에서 라이벌인 존재가 바로 카나기이기에 이토는 화를 삭히며 그에게 물었다.

"내게 할 말이 있는 겁니까?"

그는 카나기 요시무라에게 함부로 말을 낮추지 않았다.

"당시 당에서 하시모토의 일을 그렇게 마무리한 것은 저기 있는 저자 때문이다."

카나기 요시무라는 마침 TV에 나오는 수호의 모습을 뚫어져라 노려보며 답했다.

그런 그의 말에 이토 히로시 총리는 눈을 반짝이며 TV를 주시했다.

처음에는 잘 이해가 되지 않았다.

대체 TV에 나오는 조센징이 그의 죽음과 무슨 상관이란 말인가.

그때, 카나기 요시무라는 그의 죽음에 숨겨져 있던 내막을 이야기하기 시작했다.

하시모토 켄이 수호를 죽이기 위해 야쿠자들에게 의뢰한 사실까지 말이다.

그제야 이토 히로시 총리는 사건의 전막에 대해 깨달았다.

'꼬리를 자른 것이군.'

비록 수호를 조센징이라 비하하기는 해도 그가 회장으로 있는 SH 그룹이 어떤 기업인지는 이토 히로시 총리 역시 잘 알고 있었다.

그는 한국 최고의 방위산업체를 가지고 있는 인물이며, 미군과도 특별한 관계를 맺고 있었다.

뿐만 아니라, 일본에도 위협이 될 만한 무기를 다수 연구한 개발자이기도 했다.

그중 이토 히로시가 이색적으로 본 것은 바로 수호의 경력이었다.

그룹을 운영하기 전에 직업군인으로 복무했다는 사실에 놀란 것이다.

군대 경험이 없는 이토로서는 그것이 얼마나 대단한 건지 정확하게 알 수는 없지만, 세계적으로 한국의 특수부대는 많은 나라들이 인정하고 있었다.

그렇기에 이토 히로시도 수호의 그런 경력에 감탄해 마지않았다.

다만, 거기까지였다.

개인적 능력이 뛰어난 것은 인정하지만, 회사 경영은 또 다른 영역이다.

그런데 수호는 회사 경영도 뛰어날 뿐만 아니라 연구 개발에도 천재적인 재능을 발휘했다.

인간이 어떻게 이런 다양한 능력을 가질 수 있는지도

의문이었다.

그런 인물을 암살하라고 지시한 하시모토가 심장마비로 죽었다.

참으로 아이러니하지 않은가.

어떻게 보면 영화의 한 장면이 생각날 정도로 빤한 클리셰처럼 보였다.

하지만 이토는 알고 있었다.

오컴의 면도날 법칙과 같이 대부분의 사건은 단순한 사실이 진실이라는 것을 말이다.

'설마 하시모토가 오히려 저놈에게 당한 것인가?'

그런 생각은 또 다른 의심으로 이어졌다.

'야쿠자에게 의뢰를 했는데, 그럼 야쿠자들은?'

하시모토가 조센징을 죽이기 위해 쓰레기들인 야쿠자를 이용했다면, 분명 경시청에 당시 사건 사고 연감이 보관되어 있을 것이다.

그러니 그것을 알아봐야 한다.

"가쓰오!"

"하이!"

"방금 이야기 들었지?"

"예!"

"하시모토의 사고 보고서가 없다면, 하시모토가 야쿠자들을 동원한 기록들을 알아봐!"

"알겠습니다."

이토 히로시 총리의 지시에 가쓰오 관방장관은 고개를 숙여 보였다.

'야쿠자들을 조사한다고 해서 하시모토 의원의 사건 내용이 나올까?'

막상 대답을 하긴 했지만, 가쓰오 관방장관의 머릿속에는 부정적인 생각뿐이었다.

이미 몇 년 전의 사고이고 자료도 없는데, 굳이 더 조사를 할 필요가 있는 건가 싶기도 했다.

하지만 총리대신의 지시이기에 하는 시늉이라도 해야만 했다.

한편, 오랜만에 하시모토 켄의 이름을 듣게 된 카나기 요시무라는 두 눈을 반짝였다.

사실 카나기 요시무라는 정적인 하시모토 켄의 죽음에 현 총리대신인 이토 히로시가 배후에 있을 것이라 생각했다.

그만큼 하시모토 켄의 사고 처리가 너무도 어처구니없을 정도로 일사천리로 처리되었기 때문이다.

그 정도의 일을 저지를 수 있는 자는 보통의 권력을 가지고 있는 사람이 아니었다.

더욱이 다른 사건도 아니고, 차기 총리가 될지도 모르는 하시모토 켄의 죽음이다.

당시 하시모토가 많은 스트레스를 받고 있기는 했지만, 심장마비가 올 정도로 자기 관리를 못하지는 않았다.

항상 자신의 건강을 염려해 아침마다 운동을 나갈 정도로 성실한 생활을 유지했다.

그런 이미지를 사진의 선거 전략으로 내세울 정도로 말이다.

그런데 사건 당시 하시모토는 자택에서 홀로 쓰러져 있는 상태였다는 경찰의 조사 보고가 올라왔다.

심지어 문도 안쪽에서 잠겨 있고 침입 흔적도 전혀 없었다고 한다.

같은 정당 사람들은 야쿠자에게 암살 의뢰를 한 하시모토의 일이 외부에 알려지게 될 것이 두려워 빠르게 수습했다.

만약 세상에 공개된다면 스캔들도 이런 스캔들이 없었기 때문이다.

하지만 카나기 요시무라는 아니었다.

'내가 잘못 생각하고 있던 것인가?'

그는 언제나 이토 히로시를 의심했는데 지금껏 지켜본 바로는 오히려 스스로가 그 사실을 밝히기 위해 부단히도 노력하고 있지 않은가.

만약 정적을 죽여 놓고도 저런 모습을 보인다면 그만

큼 무서운 인물이 아닐 수 없지만, 그는 정말로 자신의 결백을 밝히기 위해 행동하는 것으로밖에 보이지 않았다.

카나기 요시무라는 이토 히로시를 보며 떠오른 잡생각을 멈추고 다시 TV에 집중했다.

화면에는 아직도 수호가 잡히고 있었다.

카나기 요시무라는 그를 보며 알 수 없는 눈빛을 발산했다.

'인물은 인물이군.'

정말로 그랬다.

자신의 조국에서 무공훈장을 받은 것은 물론이고, 동맹인 미군에서도 무공훈장을 받았다.

비록 1등이 아닌 세 번째 등급의 동성 훈장이지만, 외국 군인이 받는 미국의 훈장은 그 의미가 달랐다.

그런데 들어오는 정보에 의하면 단순히 무력만 강한 것이 아닌, 지능도 뛰어난 인물이었다.

육체적으로는 초인이라 할 수 있는 특수부대 출신이며, 갖가지 첨단 장비와 소재를 개발하는 연구자였다.

이보다 완벽한 인물이 있을까 싶을 정도로 완벽한 정신과 육체를 가진 인물이었다.

그런 자가 자신의 조국인 일본이 아닌, 라이벌인 한국에서 나온 것이 안타까웠다.

'지금이 어느 땐데 경쟁국 국민이라고 해서 암살하려고 하다니… 얼른 이미지 쇄신을 해야 한다. 그러기 위해선……'

TV와 회의장 내 인물들을 번갈아 보던 카나기 요시무라는 조국 일본의 번영을 위해 자신이 해야 할 일을 속으로 생각했다.

＊　　　＊　　　＊

봉황 1호는 취역식을 마치고 SH항공에서 대한민국 우주군으로 이관되었다.

그리고 수호는 이함을 하기 전 함장인 손일원 대령과 면담을 가졌다.

"봉황의 함장으로 취임하신 것을 축하드립니다."

"감사합니다. 그런데 저를 보자고 하신 이유가……."

손일원 함장은 자신과 전혀 접점이 없는 수호가 독대를 요청한 것에 대한 이유를 생각하며 의아한 표정을 지었다.

사실 봉황함의 함장으로 내정될 때, 해군참모총장에게 개인적으로 불려 가 이야기를 들었다.

SH항공, 아니, SH 그룹의 회장인 정수호와 만날 일이 있으면 행동에 조심을 하라고 말이다.

겉으로는 이제 겨우 20대의 모습을 하고 있지만, 그의 이력은 결코 함부로 할 수 없는 사람임을 각인시켰었다.

그러하기에 손일원 함장은 봉황의 취역식을 하는 하루 종일 수호를 볼 때마다 긴장을 하며 주변을 살폈다.

그는 SH 그룹이란 거대 기업군을 경영하는 거인이라 믿기지 않을 정도로 엄청난 동안에, 신화 속에 나오는 나르키소스와 같은 미남이라 생각될 정도로 무척 뛰어난 외모를 가지고 있었다.

사전에 정보를 받지 않았다면 아마 실수를 하지 않았을까 생각될 정도였다.

그런데 그런 인물이 느닷없이 개인 면담을 요청한 것이다.

당장 해야 할 급한 일도 없던 손일원 함장은 약간의 호기심이 생겨 그를 찾아갔다.

"다름이 아니라, KACG—001 봉황의 함장 혼자만 알아야 할 함선의 비밀을 말씀드리기 위해서 이렇게 면담을 요청한 것입니다."

수호는 아무런 표정의 변화 없이 담담하게 이야기를 하였다.

하지만 그 내용을 들은 손일원 함장은 쉽게 받아들일 수는 없었다.

"함장만 알아야 하는 비밀이라니… 그게 무엇입니까?"

"이 사실은 군의 상급자에게도 이야기하면 안 되는 것입니다. 그러니 나중에 KACG—001 봉황을 떠나게 되면 다음 함장에게만 지금처럼 개인적으로 알려 주시고, 함장님께서는 죽을 때까지 비밀을 지켜 주셔야 합니다."

"음…….."

손일원 함장의 표정은 점점 굳어졌다.

그도 그럴 것이, 지금 수호가 하는 이야기는 군인인 그가 받아들이기 힘든 제안이었기 때문이다.

군인은 명령에 살고, 또 명령에 죽는다.

그것이 군인이고 지켜야할 사명이었다.

그런데 수호는 군에서 보유하게 된 봉황의 비밀을 상급자에게 보고하면 안 된다고 말하고 있었다.

또한 자신이 KACG—001 봉황으로부터 전출이나 전역을 하게 되면, 그 비밀을 다음 대 함장에게 이야기를 한 뒤 자신은 죽을 때까지 비밀 엄수를 해야만 한다고 당부했다.

만약 이 이야기를 수호가 아닌, 우주군 사령관이 한다면 바로 비밀을 지키겠다고 대답하겠지만, 지금 그의 앞에 앉아 있는 이는 자신의 상관이 아닌 엄연한 민간

인이었다.

그러하기에 손일원 함장은 쉽게 대답을 할 수가 없었다.

하지만 수호는 그런 그의 생각을 이해하기에 잠시 시간을 두고 기다려 주었다.

"그게 제 군인으로서의 명예에 절대 위반이 되지 않는 것이 맞습니까?"

한참을 생각하던 손일원 함장은 조심스럽게 물었다.

그런 그의 물음에 수호는 살짝 입가에 미소를 지어 보이며 대답하였다.

"물론입니다. 함장님의 명예나 소신에 위반되는 내용은 전혀 없습니다."

"좋습니다. 그럼 우선 듣고 판단을 하겠습니다."

손일원 함장은 수호에게서 확답을 듣고 나서야 판단을 하겠다고 약속을 했다.

수호는 자신이 그를 개인적으로 면담을 요청한 이유에 대해 이야기하였다.

"세 달 간 KACG—001 봉황의 운용 교육을 할 때 들으셨겠지만, 봉황의 동력원은 아크 원자로입니다."

200m가 넘어가는 거대한 크기의 KACG—001 봉황은 비록 비행선이라고는 해도 결코 가볍지 않은 물체였다.

물론 비슷한 크기의, 아니, 그보다 작은 크기의 군함과 비교하면 무척이나 가볍다고 할 수 있지만, 그래도 그 무게가 세계 최대의 항공기인 안토노프 An—225 보다 10t이나 더 무거웠다.

이런 무게의 비행체를 공중에 띄우기 위해서는 수소나 헬륨과 같은 기체만 사용할 수는 없었다.

그래서 KACG—001 봉황에는 특별한 엔진이 필요한데, 그것이 바로 아크 원자로였다.

때문에 최대한 가벼우면서도 단단한 신소재로 제작해도 그 크기나 또 거대한 덩치를 움직이게 만드는 원자로의 무게 탓에 전체적인 중량이 이렇게나 나가는 것이었다.

아무튼 아크 원자로는 이미 해군의 신형 구축함에 사용되어 시험 운전을 마친 상태이기에 안전성이나 경제성을 모두 확인된 상황이었다.

그래서 수호와 슬레인은 이미 탄도미사일 요격에 필요한 레이저 빔 발사기를 탑재할 HAPS에 아크 원자로를 상정해 두고 설계하였다.

"물론 잘 알고 있습니다. 미국의 원자력 잠수함이나 핵잠수함 등과 다르게 핵분열이 아닌 핵융합 원자로로써서 안전하다고 말입니다."

손일원 함장은 3개월 동안 KACG—001 봉황에 타기 전부터 들은 내용을 상기하며 대답하였다.

"교육을 잘 받으셨군요. 그런데 비상사태가 발생했을 때, 이 아크 원자로의 이곳과 이곳에 연료봉을 삽입하고……."

수호는 봉황의 아크 원자로 설계도를 홀로그램으로 띄운 채 진지한 목소리로 이야기를 이어 나갔다.

"아니, 어떻게 그게 가능한 것입니까?"

설명을 모두 들은 손일원 함장은 너무도 충격적인 내용에 경악했다.

"아직 우리나라는 미국의 영향에서 완벽하게 벗어나 있지 못합니다."

수호는 너무도 놀라 당황해하는 손일원 함장을 보며 강한 어조로 이야기했다.

비록 전시 작전권을 회수해 왔다고는 해도 완벽하지는 못하다.

그 이유는 대북 정보 자산 취득 능력이 아직 걸음마 단계였기 때문이다.

하지만 그것도 스카이넷 시스템이 완벽하게 자리를 잡게 된다면 미국이 없더라도 커버가 가능했다.

게다가 중국의 정보까지 일부 취득이 가능해진다.

그렇기에 지금이 중요한 것이다.

SH인더스트리에서 개발한 아크 원자로의 비밀은 대

한민국이 진정 홀로서기가 가능해질 때까지 수면 아래로 남아 있어야만 했다.

다만, 유사시를 대비한 상황에 전용할 수 있는 부분까지 비밀로 할 필요는 없기에 함장인 손일원에게만 그 방법을 알려 주었다.

또한 혹시라도 군 내부에 스파이가 있을 수도 있기에 혼자만 알고 있어야 한다고 당부한 것이다.

이를 모두 들은 손일원 함장은 조용히 고개를 끄덕였다.

그 또한 군 내부에 스파이가 없다고 믿을 정도로 순진한 사람은 아니었다.

또한 친미 성향의 장성이나 장교들이 혈맹국이라 생각하여 쉽게 정보를 넘겨줄 수도 있다고 생각했다.

때문에 타국에서 KACG—001 봉황의 비밀을 알게 된다면 어떤 짓을 할지 몰랐다.

미국은 오래전부터 자국의 이익을 위해서라면 동맹도 버릴 수 있는 나라이고, 또 그러한 행동을 많이 했다.

그렇기에 손일원 함장도 수호의 우려를 그냥 기우로만 넘기지 않았다.

"약속을 지키겠습니다. 그런데 해당 내용은 이후로 취역할 봉황급 공중 순양함들 모두 동일한 것입니까?"

손일원 함장은 자신이 운행할 봉황만이 그런 특별 취

급인지 물어보지 않을 수 없었다.

수호의 답변에 따라서 비상사태 시 행해야 할 전술의 방향이 바뀌기 때문이었다.

"그 부분은 동일하다 말씀드리겠습니다."

"그럼 사우디아라비아와 UAE에서 구입한 것도?"

"그건 아닙니다. 해당 기체는 엄연히 다르죠."

수호는 단호히 고개를 저은 뒤 손일원 함장을 바라봤다.

물론 동일한 아크 원자로를 탑재를 하지만, 그것은 어디까지만 원자로가 생산하는 전기의 양이 동일하다는 것이지 원자로의 설계가 같은 것은 아니었다.

굳이 외국으로 팔려 가는 것에 파멸의 무기로 전용이 가능한 원자로를 탑재할 이유는 없었다.

"그렇다면 다행입니다."

손일원 함장은 수호의 말에 안도의 한숨을 쉬었다.

*   *   *

북한 평양 태양궁.

공산주의를 국가 이념으로 삼으면서도 해당 사상이 배척하는 세습 정치, 그것도 3대에 걸친 계승을 하고 있는 북한의 권력이 모여 있는 곳.

조선 민주주의 인민 공화국의 건국자인 김성일의 손자 김종은이 통치하고 있는 그곳에서 북한의 핵심 권력자들이 무거운 분위기로 회의를 하고 있었다.

"기러니끼니 저거이 우리의 미사일과 로케트 공격을 모두 막아 낼 수 있다는 말이지?"

대한민국 청주에서 송출되고 있는 전파를 잡아 보고 있던 김종은은 심각한 표정으로 주위를 둘러봤다.

"지도자 동지, 오또케 남조선 간나새끼들의 말을 모두 믿을 수 있갔습네까?"

김종은의 질문에 대답한 것은 북한 권력 서열 3위인 최해룡이었다.

인민무력부 원수인 최해룡은 지금 모니터로 보고 있는 내용이 사실이어도 아니라고 해야 할 판이라 판단했다.

아니, 생각만 한 것이 아니라 적극적으로 사기 뉴스라며 비난했다.

"기리고 진짜 그렇다 할라 치더라도 우리 위대한 지도자 동지의 명령으로 완성된 탄이라면 남조선 간나들이 만든 방어막 정도는 찢어 버릴 수 있습네다."

최해룡은 비장한 표정으로 열변을 토했다.

그런 그의 대답에 김종은은 미간을 찌푸렸다.

"동무는 사우디아라비아에서 있던 보도 보지 못했네?

저 아들이 만든 비행선이 후티 반군이래 쏘아 올린 유도된 폭탄 막아 내는 것 보지 못했나 말이야!"

김종은은 귀에 달달하게 들리는 최해룡의 대답에도 평소와는 다르게 심사가 뒤틀리는지 호통을 쳤다.

아무리 총부리를 맞대고 있는 적이라 해도 인정할 것은 인정을 해야만 하는 것이다.

무조건적으로 배척해서는 살아남을 수 없었다.

"중국에서는 뭐라네?"

최해룡에게 호통치던 김종은은 고개를 돌려 자신의 동생이자 조선 노동당 정치국 위원인 김연정을 보며 물었다.

"아직까진 별다른 반응이 없습네다."

"하긴 떼놈들도 아직까진 똥인지 된장이지 모르갔지."

김종은은 남한의 화면에 시선을 고정한 채 혼잣말로 중얼거렸다.

자신도 그것을 보면서 어떻게 대응을 해야 할지 판단이 서지 않는데, 중국이라고 별 뾰족한 수가 있을까.

더욱이 중국인들은 그놈의 대국, 대국하면서 모든 일에 느긋한 태도를 취했다.

솔직히 좋게 말해 여유가 많다고 하는 것이지, 사실 속이 뒤집힐 정도로 늦장을 부리는 것이었다.

그 때문에 세워 둔 대미 전략이 실패로 돌아간 적이 한두 번이 아니었다.

김종은은 조급해졌다.

솔직한 심정으론 지금 보고 있는 것의 성능을 하루라도 빨리 알아봐야 자신과 당을 지킬 수 있을 것이란 판단이 들었다.

그럼에도 김종은이 이렇게 있는 것은 북한 혼자서 할 수 있는 방법이 없었기 때문이다.

북한은 오래전부터 UN으로부터 제재를 받고 있는 상태라 경제적 여건이 무척이나 열악했다.

그저 중국과의 밀무역으로 간신히 체제를 유지하고 있을 뿐이었다.

그래서 멋대로 행동하다가 중국의 심기를 거스른다면 자신들은 정말로 고립될 것이 분명했다.

김종은이 중국의 반응을 기다리는 이유가 바로 이것이었다.

그들이 남조선을 향해 도발을 하라는 명령만 떨어진다면 바로 실행할 준비가 되어 있었다.

물론 그 과정에서 콩고물이 조금 떨어져 자신의 창고에 통치 자금이 쌓이겠지만 말이다.

＊　　　＊　　　＊

[마스터, 그가 약속대로 비밀을 지킬까요?]

슬레인은 KACG—001 봉황에서 내리는 수호에게 질문을 던졌다.

수호는 약간의 미소를 지으며 조용히 머릿속으로 대답했다.

'물론이지. 나는 손일원 함장이 약속을 지킬 거라고 믿고 있어. 그리고 만약 비밀을 지키지 못한다고 해서 뭐라고 하고 싶지도 않아.'

사실 수호는 손일원 함장이 봉황의 비밀에 대해 즉시 상부에 보고한다고 해도 그리 큰 상관이 없었다.

심지어 미국이 아크 원자로가 핵무기로 전용이 가능하다는 사실을 알게 되더라도 문제가 커지지 않을 거라는 확신이 있었다.

그들이 과연 이를 빌미로 한국 정부에게 압력을 행사할 수 있을까?

수호는 아니라고 생각했다.

그도 그럴 것이, 그 말을 어떻게 증명할 것인가.

미국은 자신이 만든 아크 원자로를 만들 기술력이 없을 뿐더러 자국의 물건도 아닌 것을 시험해 보겠다고 억지를 부릴 수도 없는 일이었다.

다만, 한국 정부가 기존처럼 미국에 고개를 숙이고

들어간다면 모든 것이 수포로 돌아갈지도 몰랐다.

하지만 국가를 지킬 힘을 얻은 정동영 대통령과 장군회의 장성들, 그리고 정부 기관들이 그리 쉽게 굴복할 거라고는 생각하지 않았다.

물론 미국 정부가 그동안 해 오던 것처럼 윽박지르며 한국을 압박할 수도 있다.

하지만…….

'미국이 지금의 지위를 유지하기 위해선 우리의 협력이 절실하니 함부로 하진 못할 것이야.'

그랬다.

현재 미국이 추진하고 있는 일들은 결코 미국 혼자만의 힘으로 감당할 수 있는 것이 아니었다.

경제 부흥 책으로 내놓은 모기지로 인해 미국 경제는 붕괴되는 중이었다.

부자는 더욱 부자가 되고, 미국의 중간을 지탱하던 중산층은 나락으로 떨어져 서민이 되었으며, 서민들은 직장과 집을 잃고 빈민이 되었다.

그리고 기존의 빈민들이야… 두말하면 잔소리다.

이렇게 미국은 오래전에 경제 성장이 마이너스로 들어선 상태였다.

그렇기 때문에 군의 규모도 축소하고, 운용 유지비가 많이 들어가는 노후 함선이나 장비들은 물론, 많은 비용이 드는 5세대 전투기마저 조기 퇴역을 시키는 추세였다.

그렇다고 신무기 개발을 하지 않는 것도 아니다.

육, 해, 공군 그리고 전략 우주군까지 보유한 미국은 예산 때문에 군사력을 포기하진 않았다.

그것마저 포기하게 되면 지금과는 비교할 수 없을 정도로 경제가 나락으로 떨어질 것을 너무도 잘 알기 때문이었다.

그 때문에 군비를 감축하면서도 군사력을 유지하는 방안을 찾기 위해 머리를 맞대고 아이디어를 짜내는 중인 것이다.

이때 나온 방편이 자국군에 도움이 되는 동맹의 값싼 장비들을 도입하자는 정책이었다.

그 일환으로 현재 미국은 한국으로부터 다양한 무기들을 수입하고 있는데, 155㎜ 장거리 포탄과 4.5세대 초음속 전투기, 그리고 파워 슈트가 있었다.

그중 가장 중요한 것이 바로 최근에 계약을 맺은 파워 슈트였다.

155㎜장거리 초음속 포탄과 4.5세대 초음속 전투기처럼 직접적인 전력과는 비교할 수는 없지만, 파워 슈트는 그것들과 다른 의미로 대체가 불가능한 제품이었다.

그러니 미국이 KACG—001 봉황의 아크 원자로 전
용 문제를 알게 되더라도 자신들만 몰래 구매하려고 하
지, 절대 세계에 공표하지는 못할 것이다.

10. 북한의 도발

좌라라!

늦은 가을, 갑자기 쏟아지는 빗줄기로 인해 대지가 질척하게 젖어 버렸다.

"젠장, 날씨도 그렇고 왜 이런 일은…….."

마이크 로벤은 어깨에 걸치고 있던 레인코트를 털어 내며 불만을 토로했다.

"그만 중얼거려, 이게 우리의 일이야."

옆에서 투덜대는 마이크 로벤에게 미군 군수지원부의 대령 존 슐츠는 단호하게 이야기하였다.

"아니, 엄밀히 따지면 저희의 일이라기 보단 FCT(해외 비교 시험)에서 해야 할 일 아닙니까?"

이에 마이크 로벤 대위는 상관인 존 슐츠 대령에게 자신의 생각을 털어났다.

물론 짜증이 섞여 있는 어투이지만, 존 슐츠 대령은 그의 심정을 이해하기에 별 다른 소리는 하지 않았다.

그도 그럴 것이, 마이크 로벤 대위는 오랜만에 휴가를 즐기던 도중 상부의 명령으로 인해 어쩔 수 없이 작전에 투입된 것이기 때문이다.

물론 그가 한국을 싫어하는 것은 아니지만, 휴가는 휴가답게 즐기고 싶은 것이 그의 마음이었다.

"자네 마음은 이해한다네, 하지만 이번 일은 굉장히 중요한 일이야. 누가 되건 간에 작전을 성공적으로 진행해야만 하네. 자네도 일의 중요성은 파악하고 있겠지?"

존 슐츠 대령은 살살 그를 달래가며 상부에서 지시한 일의 중대함에 대해서 토로했다.

"그 정도는 저도 잘 알고 있습니다. 하지만……."

마이크 로벤 대위는 더 이상 말을 이어 나가지 않았다.

그도 그럴 것이, 자신들이 만나야 할 사람이 벌써 어느새 앞에 나와 있었기 때문이다.

"안녕하십니까, 수호 씨. 오랜만입니다."

존 슐츠 대령은 사무실에서 나오는 수호의 모습을 보고는 반갑게 인사를 건넸다.

"벌써 도착을 하셨군요."

자신을 보며 당황한 표정으로 질문을 하는 존 슐츠 대령과 마이크 로벤 대위의 모습을 본 수호는 가볍게 고개를 숙였다.

"일단 들어가시죠."

수호는 자신의 사무실 앞에 서 있는 두 사람을 보며 자신의 방으로 안내를 하였다.

덜컹!

"마실 것 좀 준비해 줘요."

문을 열고 들어가니 비서들이 대기하는 공간이 나왔다.

"알겠습니다."

비서 중 한 명이 얼른 대답을 하며 자리에서 일어났다.

그런 비서들을 뒤로하고 수호와 일행들은 더욱 안쪽으로 들어갔다.

*   *   *

"스카이넷 시스템 때문에 오신 것이죠?"

눈치를 보느라 용건을 말하지 못하고 있는 존 슐츠 대령을 보며 수호는 단도직입적으로 물었다.

그런 수호의 질문에 존 슐츠 대령과 마이크 로벤 대위는 순간 할 말을 잊어버렸다.

설마 상대가 이렇게 스트레이트로 물어 올 줄은 예상하지 못했다.

하지만 그것도 잠시, 존 슐츠는 역시 숨기지 않고 자신이 찾아온 이유에 대해 이야기를 털어놓았다.

"맞습니다. 펜타곤에서는 SH항공에서 만든 스카이넷 시스템의 도입을 원하고 있습니다."

미국은 세계 곳곳의 분쟁 지역에 관여하고 있기 때문에 그만큼 많은 위협을 받고 있었다.

때문에 미군은 한 해에도 수백 명씩 전장에서 생명을 잃기도 하고, 또 심각한 장애를 얻기도 했다.

세계 최강의 무력을 가지고 있기는 해도 무적은 아닌 것이다.

미 행정부는 이러한 미군들의 희생을 줄이기 위해 많은 노력을 기울였다.

그렇지만 과거와는 달라진 전쟁의 양상은 한 사람이 여러 사람을 죽이는 걸 쉽게 만들었다.

때문에 공격보다 방어가 훨씬 어렵고 힘들어 졌다는 건 누구나 알고 있는 상황이었다.

실제로 미국은 주둔 부대를 습격하는 테러 조직을 막기 위해 갖가지 방어 시설을 주변에 설치하고 있지만, 그리 큰 소용은 없었다.

그래서 군함의 방어를 위해 개발된 CIWS(근접 방어 무기 체계)를 가져다 배치를 하기까지도 했다.

하지만 이도 단일 표적에나 대응이 가능하지 사방에서 여러 개의 타깃이 날아오게 되면 무용지물이 되어 버렸다.

그 때문에 미국은 이스라엘의 아이언 돔 개발에 많은 관심을 보이며 개발비를 지원해 주었다.

그리고 현재 미국의 파견 부대 중 일부는 이 아이언 돔을 배치하여 기습 공격에 대비하고 있었다.

그렇지만 이스라엘의 아이언 돔 시스템은 너무도 비효율적인 방어 체계였다.

물론 인간의 생명과 비용을 고려하는 행위 자체가 의미 없는 것이기도 하다.

하지만 미군이 그 지역에서 활동하면서 얻는 이익보다 주둔 부대 방어를 위해 사용하는 비용이 월등히 차이가 난다는 사실은 변하지 않았다.

아무리 미국이 국방비로 1년에 1,000조 원을 사용하는 국가라 해도 이는 무시할 수 없는 규모의 적자였다.

더욱이 예전과 다르게 미국도 더 이상 국방비에 그런

막대한 금액을 사용하지 않는 추세였다.

날로 심각해지는 경제 상황으로 인해 미국 정부에서는 국방 예산을 축소시켰다.

그래서 미군은 아이언 돔 시스템보다 저렴한 MD 체계를 찾아야만 했다.

그러던 중 동맹인 한국에서 자체적으로 미사일 방어 체계가 개발된 것이다.

대류권 내의 비행체를 방어할 수 있는, 그리고 탄도 미사일까지 요격이 가능한 스카이넷 시스템이 바로 그 것이다.

스카이넷 시스템은 오래전부터 미국이 가지길 원하던 모든 성능들이 실현되어 있었다.

때문에 그들은 알 자지라 방송에 SH항공이 노출되었을 때부터 큰 관심을 보여 왔다.

심지어 한국 정부에 정보 공유 요청을 하거나 시스템의 개발사인 SH항공에 공문을 보내기도 했다.

하지만 그 어느 곳에서도 확실한 답변을 받지 못해서 이렇게 직접 찾아온 것이다.

사실 이 자리에는 존 슐츠 대령이 아닌, 파워 슈트 구매를 위해 협상하던 밀라 모리스 국무장관이 올 예정이었다.

하지만 그러지 못했다.

우선 미국 국무장관의 스케줄 문제가 있었다.

다양한 국가의 상대를 해야 하는 그는 함부로 움직일 수 없었다.

물론 새로운 MD 체계의 구매라면 하던 일도 뒤로 미루고 한국에 찾아올 법도 했다.

그렇지만 밀라 모리스 국무장관은 위의 이유를 대며 고사했다.

파워 슈트 구매를 협상할 때 너무도 스트레스를 받은 기억이 있었기 때문이다.

아무튼 그런 이유로 의사 타진을 위해 일단 수호와 인연이 있는 존 슐츠 대령과 마이크 로벤 대위를 보낸 것이다.

"물론 동맹인 미국이 원한다면 판매를 할 수도 있습니다. 하지만……."

"하지만?"

"미국에게만 판매를 하게 된다면 저희는 심각한 문제에 봉착하게 됩니다."

"……?"

존 슐츠는 수호가 무슨 말을 하고 있는지 이해할 수가 없었다.

동맹국 사이에서 거래를 하는데 대체 어떤 문제가 생긴다는 말인가.

"그게 무엇입니까?"

존 슐츠 대령은 단도직입적으로 그 이유를 물었다.

그러자 수호는 빙그레 미소를 지어 보이며 대답하였다.

"미국의 영원한 라이벌이라 할 수 있는 러시아 때문입니다."

"러시아? 러시아가 왜?"

마이크 로벤 대위는 아직도 이해가 가지 않는지 재차 질문을 내뱉었다.

하지만 존 슐츠 대령은 잠시간 놀란 표정을 짓더니 진중한 분위기로 고개를 약간 끄덕였다.

"상호확증파괴의 붕괴를 우려하는 것입니까?"

"맞습니다. 누가 뭐라 해도 미국과 러시아가 보유한 핵무기만으로 이 지구를 석기시대 이전으로 돌아가게 만들 수 있으니까요."

"하지만 그것은 중국도 마찬가지 아닌가요?"

존 슐츠 대령이 이야기를 꺼내고 나서야 사태를 이해한 마이크 로벤 대위가 고개를 갸웃거렸다.

그의 말에 따르면 핵무기를 가진 모든 나라에게 이 무기를 팔아야 한다는 소리가 아닌가.

실제로 미국과 러시아뿐만 아니라, 중국도 320개의 핵무기를 보유한 나라였다.

그리고 이 숫자는 중국이 공식적으로만 말한 숫자이며, 국제 평가 전략 센터에서는 적어도 1,000개 이상의 핵탄두를 가지고 있을 것이라 판단했다.

물론 중국뿐만 아니라, 많은 수는 아니어도 유럽의 선진국들, 인도, 그리고 파키스탄 등 핵을 보유하고 있는 나라는 많았다.

마이크 로벤 대위는 이런 상황에서 미국과 러시아만 언급하는 수호의 의중을 이해할 수 없었다.

"중국의 핵 정도는 저희가 통제할 수 있는 수준입니다. 하지만 미국과 러시아는……."

"네? 그게 대체 무슨……."

존 슐츠 대령과 마이크 로벤 대위는 당혹감을 감출 수 없었다.

수호가 방금 중국을 대한민국이 억제할 수 있다고 당당히 선언한 것 때문이었다.

중국은 누가 뭐라 해도 미국과 경쟁을 하고 있으며, G2라 불리는 나라이기도 했다.

그런 중국을 통제하겠다니… 수호의 말을 들은 두 사람이 놀라는 것도 당연한 일이었다.

"하지만 미국과 러시아, 어느 나라든 현재 저희가 가진 역량으로는 막을 수 없다는 판단입니다."

수호는 이 말을 하기까지 수많은 생각을 했다.

그리고 슬레인과 오랜 논의를 거친 후 이야기를 꺼낸 것이다.

왜냐하면 자신의 말로 인해 현재 세계에서 가장 강하다는 미국의 태도가 바뀔 수 있었기 때문이다.

그렇게 고민 끝에 내놓은 답이 바로 저것이었다.

물론 어떻게 해석을 하느냐에 따라 다르겠지만, 시간이 지나면 미국과 러시아의 핵무기도 통제할 수 있을 것이란 뜻이었다.

참으로 놀라운 말이 아닐 수 없었다.

하지만 결코 허무맹랑한 것은 아니었다.

실제로 스카이넷 시스템을 적정 수로 보유할 수 있다면 충분히 가능한 일이었다.

핵무기란 것은 일반 재래식 무기와는 사용 방법이 달랐다.

재래식 무기는 충격 신관이나 지연신관으로 폭발 시기를 조절할 수 있었다.

그에 반해 핵무기는 폭발 조건을 입력해야만 하는데, 여기에 특정 고도를 입력시켰다.

그 고도 이하, 혹은 이상에서는 신관이 작동하지 않는 것이다.

이는 오폭을 막기 위한 안전장치를 겸하는 것이기에 미국이나 러시아, 그리고 중국 등 모든 핵무기 보유국이 채택한 방식이었다.

적아를 가리지 않고 폭발하면 큰 피해를 입히기에 그런 장치를 강제한 것이다.

그러니 스카이넷 시스템으로 핵미사일이 발사가 된 징후를 포착하여 사전에 이를 저지하거나, 혹은 발사가 되었더라도 대기권에 진입하기 전 요격해 버리면 되는 문제였다.

그렇지만 아직까진 요원한 일이다.

이런 상황에 미국에만 모든 비행 물체의 요격이 가능한 스카이넷 시스템을 판매한다면 힘의 균형이 무너져 버린다.

대한민국과 동맹이기는 해도 미국은 선이 아니다.

국가의 이익을 위해서라면 선제공격도 서슴없이 하는 나라가 미국이다.

그러니 스카이넷 시스템을 어느 한쪽에만 판매하는 것은 극히 위험한 일이었다.

다만, 이 상황에서 중국을 배제한 이유는 아이러니하게도 수호가 개발한 스카이넷 시스템이 너무 월등했기 때문이다.

한반도 상공에서 가동될 봉황들은 중국에서 발사하는 모든 핵미사일을 감지하고 격추할 수 있었다.

더욱이 중국은 겉으로야 핵무기를 사용할 수 있다고

으름장을 놓고 있기는 해도 그것은 겁 많은 개가 큰 소리로 짖는 것이나 다름이 없는 행위일 뿐이었다.

가진 것이 많은 사람일수록 잃을 것이 많기에 자신의 생명을 가지고 모험을 하지 않는다.

모험을 즐긴다고 하는 이들은 분명 자신의 생명이 위험하지 않다는 것을 알기에 그런 것을 즐기는 것이다.

안전 대책이 없는 놀이는 삶을 포기한 것과 다르지 않았다.

"으음……."

그런 수호의 의중을 파악한 존 슐츠 대령과 마이크 로벤 대위는 순간적으로 할 말을 잊었다.

"그 말씀은 러시아에도……."

수호는 존 슐츠 대령이 말을 끝까지 맺지 않아도 무슨 이야기를 하려는지 알 수 있었다.

"러시아도 미국만큼이나 테러의 위협에 시달리고 있는 나라이지 않습니까?"

그랬다.

러시아에는 이슬람 무장 조직에 의한 테러도 있고, 분리 독립을 원하는 체첸 반군 등이 모스크바나 러시아의 대도시에서 폭탄 테러나 인질극을 벌이는 일이 종종 일어나곤 했다.

이 때문에 러시아 정부는 머리를 부여잡고 해결책을

강구하는 중이었다.

"이미 미국보다 먼저 스카이넷 시스템의 구매 의사를 전해 오기도 했습니다."

수호는 존 슐츠 대령에게 숨기는 것 없이 사실만을 이야기했다.

이를 들은 존 슐츠 대령과 마이크 로벤 대위의 표정이 굳어졌다.

"원한다면 러시아 협상 대표와의 만남을 주선해 줄 수도 있습니다."

놀라고 있는 두 사람의 앞에 수호는 더욱 기겁할 이야기를 내놓았다.

라이벌 관계에 놓인 국가의 중책을 맡아 한국에 온 두 대표를 만나게 한다니.

두 사람은 충격에 휩싸였다.

"설마 러시아에서 온 자가 아직 한국에 남아 있다는 말씀입니까?"

"네. 그가 말하길 러시아의 대통령 푸친으로부터 전권을 위임받아 왔다고 했습니다."

너무도 놀라운 말이었다.

러시아의 대통령인 푸친에게서 전권을 위임받고 왔다는 말은 러시아가 얼마나 스카이넷 시스템을 원하는지 절실히 보여 주고 있었기 때문이다.

이는 현재 미국이 자신들을 보낸 것과 비교하지 못할 정도로 급한 모습이었다.

'이거 우리는 안 되겠는데?'

존 슐츠 대령은 자신도 모르게 고개를 돌려 부관인 마이크 로벤 대위를 쳐다보았다.

그리고 마이크 로벤 대위 또한 상관이 어떤 말을 하고자 하는지 눈빛으로 느낄 수 있기에 자신도 모르게 고개를 끄덕였다.

"이야기 잘 들었습니다."

"네, 조금 전 제가 한 말을 잘 생각해 보시기 바랍니다."

수호는 존 슐츠 대령이 일어나자 같이 일어나며 미소를 지었다.

이미 여기서 더 진행될 대화는 없기에 자리를 끝내려는 것이었다.

"다음에는 러시아처럼 결정권이 있는 분을 보내시기 바랍니다."

이는 수호가 존 슐츠 대령을 통해 미 행정부에게 전달하는 메시지이기도 했다.

존 슐츠 대령 역시 군수지원부에 있는 자신의 권한 범위를 넘어서는 일이라는 것을 단숨에 파악한 상태이기에 그렇게 기분 나빠하지 않았다.

"네, 잘 전달하겠습니다."

존 슐츠 대령은 수호의 말에 답을 하며 인사를 건넸다.

"그럼 다음에 뵙겠습니다."

"무사히 돌아가시기 바랍니다."

그렇게 미국 대표로 의사 타진을 하기 위해 온 존 슐츠 일행과 수호는 헤어졌다.

＊　　　　＊　　　　＊

양양 SH인더스트리 산하 BIO연구소

일단의 사람들이 현장에 모여 있었다.

카메라를 들고 있는 사람들도 있고, 또 TV에 얼굴을 자주 보이던 이들도 다수 포함이 되어 있었다.

이들은 바로 SBC 간판 예능인 야생의 법칙 촬영 팀이었다.

"정말로 여길 촬영해도 아무런 이상 없는 것 맞는 거야?"

촬영감독인 김종득은 조심스럽게 주변을 살피며 물었다.

"정수호 회장님께 허락받은 사항이니 너무 걱정하지 마."

김성찬 PD는 자꾸만 불안해하는 김종득을 보며 안심시켰다.

사실 김종득 촬영감독이 이렇게 안절부절못해하는 이유는 따로 있었다.

그가 예능 촬영감독으로 오게 된 것은 오래전 어느 기업에 대한 취재를 하다가 그만 기업 비밀에 해당하는 부분을 촬영을 했는데, 그게 걸러지지 않고 방송에 나간 적이 있었기 때문이다.

이후 소송이 걸리는 바람에 인사이동을 당하여 예능국으로 오게 됐다.

당시 방송국은 물론이고, 김종득 본인도 상당한 배상금을 물어야 했기에 그는 기업 촬영이라면 학을 뗐다.

"그거 정말이지?"

김종득 촬영감독은 다시 한번 다짐을 받듯 재차 물어보았다.

"걱정하지 말라니까!"

"알았어. 그나저나 무엇 때문에 부른 걸까?"

그제야 김종득 촬영감독은 안도의 한숨을 내쉬었다.

하지만 곧 무엇 때문에 자신들을 이곳으로 부른 것인지 알 수가 없어 고개를 갸웃거렸다.

그런데 이때, 누군가 이들을 부르는 소리가 있었다.

"아니, 이게 누구야?"

"엉?"

많이 들어 본 목소리이기에 김성찬 PD는 깜짝 놀라며 고개를 돌렸다.

그리고 그의 눈에 들어온 인물을 보고 경악에 찬 탄성을 질렀다.

그는 2년 전 스카이다이빙을 하다 사고로 전신골절을 당한 김정만이었다.

물론 그는 몇 개월 만에 극적으로 회복되어 야생의 법칙에 복귀했다.

하지만 완쾌된 채 촬영에 임한 것은 아니었다.

그런 상황이 만들어진 이유는 간단했다.

바로 시청률 때문이었다.

김정만이 부상 때문에 모습을 보이지 않자, 수많은 팬들이 떠나갔다.

이에 자연스레 시청률은 떨어질 수밖에 없었다.

심지어 야생의 법칙의 폐지가 예능국 회의에서 논해질 정도로 시청자의 수가 저조해지기까지 했다.

이에 프로그램에 애정이 있던 김정만은 아직 몸 상태가 나아진 것이 아님에도 야생의 법칙을 위해 복귀한 것이다.

그나마 다행인 점은 프로그램의 구성을 변경해 그의 역할을 바꿨다는 것이다.

그는 이제 족장을 맡아 직접 움직이기보다 게스트들이 야생에 적응할 수 있도록 돕는 조언자가 되어 촬영에 임했다.

만약 이런 변화가 없었다면 그는 진즉에 탈이 났을 것이다.

하지만 아무리 조언자라 해도 바쁜 일정을 소화하다 보니 회복 속도가 느려질 수밖에 없었다.

아무리 의료진을 대동한다 해도 결국 정글에서 노숙하는 것은 똑같았기 때문이다.

그는 조금만 무리하면 촬영이 힘들 정도로 피로함 느끼곤 했다.

때문에 예능국은 미리 몰아서 촬영한 뒤 휴식기를 갖는 편이 좋을 것 같다는 의견을 제시했다.

이에 김정만 역시 동의하였고, 현재는 그 모든 일정이 끝난 뒤, 휴식을 하고 있다고 알고 있었다.

그런데 그를 뜻하지 않은 장소에서 보게 되자 김성찬 PD가 놀란 것이다.

"여긴 어쩐 일이야?"

김성찬 PD와 SBC 촬영 팀의 곁으로 다가온 김정만이 물었다.

"정수호 회장이 여길 촬영해도 된다고 해서 오기는 했는데……."

김성찬 PD는 멍한 표정을 짓고 있을 뿐이었다.

애초에 이번 일은 이상한 점이 많았다.

이런 유의 촬영은 보도국에서 하는 것이 원칙이지만, 어찌된 일인지 예능국에서 다녀오라는 상부의 지시가 있었다.

이 때문에 다들 내색은 안 해도 속으로 불안해하는 중이기도 했고.

그런 김성찬의 표정을 본 김정만은 뭐가 그리 웃긴지 배를 잡고 바닥에 뒹굴었다.

"하하하하, 뭐야 그 얼굴은……."

"아니, 뭐가 그리 웃기다고."

그렇게 김정만과 SBC 예능국 촬영 팀이 한바탕 소란을 피우고 있을 때, 누군가 다가왔다.

"뭐가 그렇게 재밌는 건가요?"

언제 온 건지 수호가 일단의 사람들과 근처에 자리하고 있었다.

"어, 왔어?"

김정만은 수호의 얼굴을 보곤 반갑게 인사를 건넸다.

"이제 몸은 정상으로 회복된 것 같네요."

수호는 걸어오면서 김정만이 복도에 뒹굴며 웃는 것을 지켜봤다.

그의 표정에는 고통이라고는 전혀 없었다.

"그러게… 아니, 오히려 사고 전보다 훨씬 좋아진 것 같다니까."

김정만은 마치 보디빌더처럼 포즈를 취해 보이며 자신의 건강한 모습을 사람들에게 어필하였다.

김정만이 포즈를 취할 때마다 꿈틀거리는 근육이 결코 빈말이 아님을 알려 주었다.

애앵! 애앵!

화기애애하던 분위기는 느닷없이 울린 사이렌으로 인해 언제 그랬냐는 듯 바로 바뀌어 버렸다.

"이게 무슨 소리야?"

"어디 불이라도 났나?"

사람들은 갑자기 들린 큰 소리에 당황해하며 떠들었다.

"아무래도 무슨 일이 생긴 것 같군요."

수호는 우선 그들을 진정시키기 위해 차분한 목소리로 이야기했다.

다행이도 사람들은 태연한 그의 모습을 보며 안도하곤 그의 지시를 따라 이동했다.

[마스터, 북한에서 도발을 시작했습니다.]

순간, 수호의 미간이 꿈틀거렸지만, 아무도 눈치채지는 못했다.

위잉! 위잉!

느닷없이 울리는 사이렌 소리에 김중도 대위는 급하게 소리쳤다.

"무슨 일이야!"

그가 복무하는 중 단 한 번도 울리지 않던 사이렌이기에 긴장을 멈출 수 없었다.

"북한군 해안포대에서 이상 징후가 포착되었습니다!"

레이더를 보고 있던 감측병이 소리쳤다.

"그게 무슨 말이야! 북한이 무슨 이유로 해안포를 가동한 건데!"

하지만 그 말을 들은 감측병 역시 이유를 알고 있는 것은 아니었다.

"일단 지상 부대에 경고를 날려!"

"그건 이상 징후가 관측이 되는 즉시 자동으로 전달되었습니다."

"아, 그렇지……."

김중도 대위는 당황해하며 깜빡 잊고 있던 시스템의 기능을 떠올렸다.

그가 함장으로 있는 AHEPS 아니, 이제는 정식으로 군에 취역하여 우주군 소속이 된 SPCC—005 곽재우함은 성층권에 떠 있는 KACG—002 환인과 지상의 국지 방어기와 함께 한 세트로 스카이넷 시스템을 이루고 있었다.

그러하기에 KACG—002 환인이 포착한 정보는 자신이 받는 것과 동시에 지상의 국지 방어기 역시 같은 받았을 것이다.

김중도 대위는 다시 시선을 전방에 있는 메인 모니터로 향했다.

SPCC—005 곽재우의 조종실 내부에는 100인치 초대형 모니터가 자리하고 있는데, 그것을 보며 상황을 파악하려는 것이다.

"3—8 확대해 봐!"

김중도 대위는 급히 뭔가를 보고는 소리쳤다.

명령을 받은 오퍼레이터가 화면을 확대하자 화면 가득 분주히 움직이는 북한군의 모습이 선명하게 보이기 시작했다.

"제길, 저놈들 장난이 아닌 것 같다."

작게 중얼거린 그의 말처럼 북한군의 모습은 누가 보더라도 평범함과는 거리가 멀었다.

특히나 일부 병력은 뭔가를 들고 장사정포에 옮기고 있었다.

그것은 아무래도 장사정포의 포탄 같았다.

화면으로만 보이기에 정확한 크기는 알 수가 없지만, 아무래도 북한군이 보유한 170㎜ 곡사 자주포로 보였다.

"전방 부대에게 경고를 해. 모의 훈련이 아닌, 실전 같다고."

김중도 대위는 침을 꿀꺽 삼켰다.

화면을 아무리 봐도 그들은 기습 공격을 준비하는 것처럼 보였기 때문이다.

그도 그럴 것이, 북한군이 휴전선 인근에서 포병 부대를 움직일 때는 미리 훈련이라고 연락을 했다.

비록 최근 들어 관계가 좋지 못하다고 해도 그건 지금까지 관행처럼 이루어졌다.

이는 혹시나 있을지 모르는 만일의 사태를 대비하기 위해서였다.

이는 한국 역시 마찬가지였다.

자칫 전쟁으로 확대될 수도 있기에 휴전선 인근에서 군사적 움직임이 있을 때면, 한국이나 북한 당국 모두 통보를 먼저 했다.

그런데 지금 보이고 있는 것에 대해서 아직까지 어떠한 통보도 없었다.

관계가 나빠진 상태에서도 자신들이 미사일 발사 시험을 한다고 통보했는데 말이다.

이에 김중도 대위는 북한군이 2010년에 있던 기습 표격처럼 준비를 하는 것이라 생각했다.

그때는 이들의 움직임을 탐지하지 못해 비극적인 상황을 겪었지만 이제는 아니다.

대한민국 군은 이젠 예전의 낡은 군대가 아니다.

북한에 대한 감시 자원도 점점 늘어나고 있고, 지금처럼 사전에 북한군의 움직임을 포착하고 경고할 수 있는 시스템이 갖춰졌다.

다만, 한 가지 걱정되는 점이 있었다.

현재 일기가 그리 좋지 못하다는 것이다.

김중도가 타고 있는 SPCC—005 곽재우함만으로는 이런 상황에 대처하기가 힘들었다.

이는 날씨의 영향을 많이 받는 고출력 레이저를 주무장으로 탑재하고 있기에 어쩔 도리가 없었다.

만약 전시상황이라면 다른 무기를 사용할 테지만, 현재로써는 그럴 수 없었다.

'제길. 곽재우함의 능력을 보여 줄 수 있는 상황인데 날씨 때문에 힘들겠군.'

SPCC—005 곽재우함의 함장인 김중도는 현재의 상황이 안타까웠다.

"지상부대에서 상황 유도를 요구하고 있습니다."

그때, 지상부대에서 SPCC—005 곽재우함에 시스템

지원을 요청했다.

정확한 요격을 위해선 곽재우함에 있는 고성능 레이더의 유도가 필요했기 때문이다.

"시스템 연동해!"

김중도 대위는 잡생각을 치우고 현장에 집중했다.

그는 단호한 표정으로 매뉴얼에 따라 지시를 내리기 시작했다.

"시스템 연결합니다."

오퍼레이터는 복명복창하면서 국지 방어 시스템을 가동시켰다.

이렇게 북한군의 기습 도발로 인해 스카이넷 시스템이 한반도에서 첫 실전을 치르게 되었다.

북한군이 탄도미사일까지 준비하진 않았기에 모든 스카이넷 시스템이 가동되진 않지만, 어찌 보면 기념비적인 상황이었다.

물론 아무리 방어적인 무기라 해도 군용 장비는 사용하지 않는 것이 최고다.

그렇지만 일단 작동을 했다면, 최선의 결과를 보여주어야만 한다.

현재 북한군이 도발하는 것도 대한민국이 가진 것이 무엇인지 정확히 알지 못하기에 벌이는 무지한 행동이었다.

그러니 이번 기회에 확실하게 알려 주어야만 했다.

대한민국이 예전처럼 끌면 끄는 대로 끌려다니는 그런 나라가 아님을 말이다.

하지만 김중도 대위가 모르는 사실이 하나 있었다.

북한의 도발이 현재 자신이 있는 서부에서만 일어나는 것이 아니라, 동부에서도 같은 일이 벌어지고 있다는 것을 말이다.

*　　　*　　　*

북한군 1군단 제47사단 방사포병여단은 비상이 걸렸다.

"뭐하네! 빨리 뛰라우!"

이는 훈련 상황이 아니었다.

상급 부대로부터 직통으로 명령이 내려온 것이다.

그들은 땅굴을 파서 숨겨 둔 방사포를 벙커에서 꺼내 방열을 해야 했다.

"날래 날래 움직이라우!"

견장을 찬 중사가 험악한 표정을 지으며 병사들에게 호통을 쳤다.

이에 병사들은 빠르게 개인 군장을 챙긴 뒤 이리저리 뛰어다녔다.

누가 보면 전쟁이라도 난 것 같은 모습이었다.

실제로 이들은 전쟁을 할지도 모른다는 생각에 잠겨 있었다.

상급 부대에서 보관 중인 방사포를 남쪽으로 발사하라는 명령이 날아왔기 때문이다.

다만, 보유 중인 방사포 중 240㎜ 로켓만을 사용하라는 이상한 명령이었다.

전쟁을 할 것도 아닌데 남쪽으로 방사포를 발사하라는 것도 이상하고, 또 보유한 것 중 일부만 골라 발사를 하라는 명령도 이해가 되지 않았다.

하지만 명령이 하달된 상황에서 이상하다고 거부할 수는 없었다.

이들은 그저 명령대로 무기를 발사하기만 하면 된다고 생각했다.

"1호 발사 준비 완료되었습네다."

"2호 발사 준비 완료되었습네다."

준비를 마친 곳부터 보고가 들어왔다.

병사들의 표정은 그 어느 때보다 굳어 있었다.

지금까지 이와 비슷한 모의 훈련은 여러 차례 있어 왔다.

하지만 이들도 느끼고 있는 것이다.

지금 사태는 결코 훈련이 아니라는 것을 말이다.

이대로 로켓을 발사하게 되면, 바로 이곳으로 남한의 대응 사격이 날아올 수도 있었다.

만약 그런 일이 일어난다면 자신들은 죽은 목숨이나 다름없었다.

그도 그럴 것이, 남한 무기들의 사격 정확도가 높다는 것은 이들도 익히 들어 알고 있었기 때문이다.

실제로 2010년 11월에 3군단 소속 포병 부대가 연평도에 포격을 했을 때, 남한은 불과 6분 만에 반격 탄을 발사하였다.

정확한 포격 위치를 알지 못하는 상태에서도 남한의 자주포는 자신들의 장사정포가 위치하던 곳 인근에 탄착군을 형성했다.

그런데 그로부터 10여 년이 지난 지금, 남한의 전력은 그때와는 비교도 되지 않을 정도로 늘어났을 뿐만 아니라, 발전해 있기까지 했다.

그러니 만약 이대로 방사포를 발사한다면 남한의 반격으로 자신들에게 큰 피해가 올지도 모르기에 불안해했다.

"뭐 하네! 쏘라우!"

하지만 곧 발사 명령이 떨어졌다.

머릿속에서는 버튼을 누르지 말라고 하는데, 또 다른 한편으로는 명령을 거부하게 되면 지금 바로 앞에 있는 상관이 자신을 그냥 두고 보지 않을 거라는 사실을 알았다.

슈슈슈슈!

병사는 결국 두 눈을 꼭 감고 발사 버튼을 눌렀다.

버튼을 누르기 무섭게 바람을 가르는 듯한 소리가 들리면서 열두 발의 로켓이 빠르게 하늘을 가르며 날아갔다.

<11권에 계속>